Arbër Ahmetaj
I huaji, ai kosovari

roman

*Mikut tim Dan Musliu,
lexuesi i parë i këtij romani!*

Copyright © Arbër Ahmetaj
Brussels, Belgium, 2020
All rights reserved.

RL Books

RL Books
is part of "Revista Letrare"
www.revistaletrare.com
info@revistaletrare.com

Ahmetaj, Arbër
I huaji, ai kosovari : roman / Arbër Ahmetaj ;
red. Ornela Musabelliu
- Ribot. - Tiranë : RL Books, 2020
216 f. ; 11.1 x 17.8 cm.
ISBN 978-9928-324-15-3

1.Letërsia shqipe   2.Romane

821.18 -31

Design dhe përgatitja për botim: Shqipto.com
Kopertina: Dritan Kiçi

Arbër Ahmetaj

I HUAJI,
AI KOSOVARI

RL BOOKS
2020

VENDI I SHENJTË

Qyteti ynë nuk ka kishë. Kjo nuk është ndonjë hata e madhe, pasi thuajse shumica e qytetarëve janë myslimanë. Po as xhami s'ka; sinagogë jo se jo! Hafizja e çmendur është myslimane dhe aspak e rrezikshme. Kurrkush në qytetin tonë s'është fondamentalist, por rreziku i shfaqjes së një dukurie të tillë është rritur mjaft kohëve të fundit. Së çmendurës i është tekur të përsërisë pafundësisht se një rrugë që nuk të çon në kishë, nuk është rrugë dhe një qytet që s'ka kishë, nuk është qytet. Njerëzit në fillim qeshnin me të, por ajo s'ka kohë të merret me ta. U bie pash më pash rrugëve e rrugicave të qytetit nga mëngjesi në mbrëmje në kërkim të rrugës që të çon te kisha. Vonë në mbrëmje përfundon kurrkund, pasi kurrkund s'ka kishë. Ka veç varre në periferi; dy palë varre: të parat, ato në krye të qytetit, janë të dëshmorëve që kanë rënë dhe po bien për atdhe. Të bardha prej mermeri, ruhen nga një ushtar prej bronzi që përshëndet alla sovjetikshe. Në kodrën përballë janë varret e tjera.

Nejse, ka edhe varre më të vjetra, të atyre që kanë ndërtuar para nesh feudalizmin dhe pak vite kapitalizëm, si dhe varret e freskëta të atyre që ndërtuan demokracinë.

Hafizja nuk ka kurrfarë paragjykimesh për të vdekurit. Njëlloj i respekton të dyja palët. "Politikisht e paanshme" figuron e shkruar edhe në dosjen e saj, plotësuar nga mjekë psikiatër dhe hetues të specializuar në mjekësinë ligjore. Gruaja rri gjashtë orë në këmbë duke përshëndetur me grusht ushtarin e bronztë. Largohet nga aty dhe te varrezat e tjera falet e lutet herë si muhamedane, herë si e krishterë, e herë reciton citate të Mao Ce Dunit dhe fragmente nga raportet e kongreseve të Partisë së Punës. Kthehet përsëri në qytet, iu hyn nga e para rrugëve e rrugicave në kërkim të asaj që të shpie te kisha.

U morëm vesh: kishë nuk ka dhe askush që është gjallë në qytet nuk e mban mend të ketë pasur ndonjëherë. Në muze ka vetëm një stendë, që flet për luftën kundër kishave dhe xhamive dhe që ilustrohet vetëm me një fotografi, ku disa të rinj faqekuqë e shallëkuq i presin mjekrën një dervishi plak. Kaq!

Edhe pse nuk ka kishë, qyteti ka sende të tjera që ia kalojnë njëqind herë kishës. Pallati i kulturës është një prej ndërtesave më të mëdha. Pastaj muzeu, studioja e piktorit bojëhiri, dega e punëve të brendshme, dhjetëra qendra stërvitore ushtarake, burgu, hoteli, spitali, tunelet, depot e grurit dhe të armëve dhe në periferinë e largët ka lumin, kështjellën e ilirëve e, pranë saj, rrënojat e kishës së ilirëve.

Nuk duhet ngatërruar kjo punë. Ilirët kanë pas qytezën e tyre, kështjellën dhe kishën. Pas tyre jemi ne, që kemi qytetin tonë me dy palë varre, me pallat kulture e ato sendet e tjera që sapo u përmendën.

E thjeshtë puna: qyteti ynë kishë nuk ka. Qyteza e rrënuar e ilirëve po. Hafizja është qytetare moderne edhe pse vishet sipas traditës me rroba kombëtare me elemente muhamedane. Është akoma gjallë edhe në këto çaste që po shkruaj dhe pa pikë dyshimi po kërkon rrugën që të shpie te kisha.

Aty ku sot gjendet pallati i kulturës, dikur organizoheshin manifestimet në mbrojtje të territoreve "të humbura" nga jugosllavët gjatë Luftës së Dytë Botërore. Parulla kryesore ka qenë: "Jetën e japim, Triesten nuk e japim!".

Hafizja nuk e zë me gojë Triesten, veç kërkon rrugën që të çon te kisha. S'ka qenë kurrë as në kishë, ç'dreqin do atëherë që e lyp me kaq këmbëngulje, për dyzet vjet rresht, rrugën që të çon në kishë? Një zot e di; zoti që ia ka marrë mend të shkretës! Gruaja nuk do kishte hyrë kurrë në subjektin e këtij libri, sikur sot të mos kishte ndodhur e pamendueshmja: policia e arrestoi, pasi u gjet duke shkruar një parullë në murin e pallatit të kulturës: "Jetën e japim, Kosovën nuk e japim!".

Hej Hafize, të raftë pika, të raftë! Punë i ke nxjerrë vetes dhe neve! Ç'ka të duhet Kosova ty moj budallicë? Po kush e pa të shkretën, kush e denoncoi? Në fund të fundit, pse duhet të burgoset dikush që kërkon të japë jetën e Kosovën të mos e japë? Ç'të keqe ka Kosova? Hafizja do duhej të shpallej patriote; grua me ndjenja nacionaliste, por ndryshe mendon shoku S.S. Ky i di më mirë se gjithkush punët e vendit tonë. Kështu që Hafizja sigurisht e meriton arrestimin e burgun. Kosova le të presë.

I HUAJI DHE UNË

Verave, qyteti ynë është më i bukur se kurrë. Nuk është puna thjesht te dielli, qielli i kthjellët dhe gjelbërimi. Jo, verës bukurinë ia shtojnë studentët. Gjallëria dhe shkujdesja, rrobat e tyre me ngjyra (të vetmit në qytet që nuk vishen sipas modës zyrtare), pastaj bisedat, gazi, historitë e famshme me dashnore leshverdha jugore, fitoret heroike në ngatërresat me çunat e qyteteve të tjera, rrëmbime vajzash, përjashtime të zhurmshme nga universiteti, therje me thika, teatro, ndeshje ndërkombëtare futbolli, aksione, ekspedita, ekskursione, salla leksionesh, biblioteka, takime me turistë të huaj, provime vjeshte e pranvere, histori profesorësh të tmerrshëm, po aq sa edhe ndërhyrjesh e miqësish, thasë me arra, kavanoza me mjaltë, gështenja, gjalpë, lesh, kumbulla të thata dhe raki kumbulle (produktet kryesore të qytetit tonë), që derdheshin drejt Tiranës për të kompensuar rrogat e ulëta të profesorëve dhe zbutur kërkesat e tyre në provimet e vështira, fejesa, histori abortesh ilegale me infermiere misterioze, dehje, cigare, muzikë, filma me puthje që nuk mbërrinin kurrë në qytetin tonë dhe puthje të ndezura nëpër salla kinemash, ku brehen fara luledielli e rrëkëllehet fshehtas ndonjë gllënjkë vermuth apo ponç.

Emrat e gangsterëve të famshëm të Tiranës, që nuk çanin bythën për policët, emra aktorësh, këngëtarësh, gazetarësh, që kurrë nuk i kemi parë në qytetin tonë. Një aktor i klasit të fundit, i cili në një film me ndodhi të vjetra ia mban kalin personazhit kryesor, ka kaluar në qytetin tonë para njëmbëdhjetë vjetësh dhe i gjithë qyteti qe gëzuar. Ata që patën fat ta takonin edhe sot e kësaj dite kallëzojnë histori prej tij, përsërisin fjalët dhe shprehjet që kishte përdorur. Ka mbetur vizitori më interesant i qytetit tonë qysh prej asaj kohe.

Këto histori përsëriteshin çdo vit. Unë dhe shokët e gjimnazit nuk lodheshim kurrë së dëgjuari, duke ëndërruar ditën kur edhe ne do të bënim pjesë tek ata, të ardhurit nga Tirana, me autobusët e studentëve. Në vitin 1989 ndodhi ajo që kurrë më parë nuk kishte ndodhur, befasia më e madhe. Do të vinte një vizitor, i cili përjetësisht do ta gremiste në harresë aktorin që mbante kalin e personazhit kryesor. Lajmi qe përhapur përpara. Dikush kishte telefonuar nga Tirana në familje e kishte njoftuar se do të vinte vetë i dytë, bashkë me një shokun e tij student. Familja kishte shkuar në Komitetin e Partisë, kishte kallëzuar për vizitorin e rëndësishëm dhe kishte arritur të merrte një tollon shtesë për mish dhe një për djathë. Njerëzit nëpër radhët e gjata i shihnin me admirim Ademin dhe të shoqen, kur u zgjasnin shitësve tollonin shtesë duke plotësuar: "Kjo është për atë mysafirin, e di ti". U hap fjala se vizitori ishte dy metra i gjatë, e kishte numrin e këpucës 46-a, qe flokëverdhë dhe me syze optike. Dikush kishte thënë se qenka qorr, por menjëherë ia kishin mbyllur gojën. Nuk flitet ashtu për mysafirin. Një gjë dihej me siguri: ai studionte për filozofi dhe muzikë njëherësh. Kjo nuk ishte dëgjuar kurrë. Një njeri të studiojë në dy fakultete njëherësh, ah jo, kjo kurrë më parë nuk ishte dëgjuar. Mbrëmjet e fundqershorit u mbushën me ankth, me pritje, me padurim, pasi në të vërtetë hyri edhe muaji korrik dhe ai akoma nuk pati ardhur. E justifikuan vonesën me faktin se, meqenëse studionte në dy fakultete, i duhej të jepte më shumë provime e kështu nuk i ka premtuar sezoni normal.

U duk i mjaftueshëm ky arsyetim. Pastaj dikush tha se kishte marrë vesh se vizitori kishte ndërruar mendje dhe kishte vendosur të kalonte pushimet verore diku nga jugu, në det. Ah, qyteti ynë i ngratë që nuk ka det! Pëshpëritën melankolikët. Ne kemi malet, kemi lumin, kemi... rezistuan optimistët. Ai nuk erdhi as mbrëmjen e dy korrikut. E ka ndaluar policia në qytetin e parafundit. (Pas qytetit tonë nuk ka më qytete, ka male dhe kufi. Pas kufirit nuk lejohet të mendohet se çfarë ka). Në fakt u thanë edhe gjëra të tjera, por kur hyn në bisedë policia, gjithçka tjetër harrohet. Ata që kishin "përvojë" me policinë, dhe në qytetin tonë për fat nuk qenë të paktë, thanë se kjo punë mbaroi, ai s'ka për të ardhur kurrë! Kjo për fatin tonë të madh (zoti e ka bekuar qytetin tonë, thonë plakat fshehtas) nuk qe e vërtetë. Erdhi të nesërmen, në tre korrik.

I huaji, qe një Kosovar! Dikush e pa nga xhamat e autobusit dhe ua tregoi të tjerëve përreth. Njerëzit u shtynë kush e kush të afrohej më afër, për ta parë sa më mirë kosovarin. Te dera e autobusit u krijua një rrëmujë e madhe; disa djem të fuqishëm krijuan menjëherë vetvetiu një kordon me trupat e tyre, duke i krijuar mundësi të zbriste lirshëm. Sapo doli në shkallën e parë, bëri një buzëqeshje të largët, si rrufe e harruar në skaj të një qielli të kthjellët. Ngriti edhe pak dorën, shumë kush nga turma e mblodhi grushtin për ta përshëndetur, përshëndetje që mbetën përgjysmë, pasi ai uli kokën dhe shpejtoi hapat. Grupi i studentëve që e shoqëronin bashkë me "elitën e qytetit" u nis drejt Hotel Turizmit. (Në elitën e qytetit bëjnë pjesë edhe shoferët e autobusëve të linjës së kryeqytetit.) Unë bashkë me disa shokë, ngaqë nuk kishim para për t'i paguar kafet e shtrenjta, ndenjëm jashtë dhe përmes xhamave vëzhgonim çdo lëvizje të "të huajit". I vetmi ndryshim që mundëm të vërenim qe fakti se kosovari qe qethur shkurt dhe veshur më bukur se gjithë ata që e rrethonin (ata që ishin rreth tij visheshin më bukur se i gjithë qyteti).

Sigurisht, habia më e madhe u dëgjua të nesërmen, kur u mor vesh se kosovari nuk e vinte në buzë alkoolin, asnjëfarë lloji. Për çudinë e kamiereve kishte kërkuar "Coca Cola", pasi e kishin bindur duke qeshur shokët e tij studentë se hoteli i qytetit tonë nuk është si bari i hotelit "Dajti". Kishte pranuar të merrte një ujë gline, pija më e papërdorshme në qytetin tonë. Të nesërmen e gjithë banda ishte nisur për në Valbonë, njëra prej pikave turistike më të mrekullueshme malore në të gjithë botën - siç na kishte mësuar të thoshim mësuesi i gjeografisë. Në fakt, atje nuk ka asnjë shërbim për turistët, as hotel, as telefon, as pista rrëshqitje me ski, as fusha golfi, as stacione apo rezervate gjuetie, madje edhe peshkimi ishte ndaluar. I vetmi vend për t'u vizituar nga "turistët" qe muzeu i postës së kufirit, një muze i mbushur me historikun e vrasjeve të shkelësve të kufirit, diversantëve, me fotografitë e "vigjilentëve" të atyre anëve, që kishin informuar në kohë organet kompetente. Aty qe i ekspozuar edhe libri i një oficeri të lartë të sigurimit, mbiemri i të cilit ka tinguj të përbashkët me kryeqytetin e Çeçenisë dhe shërbimin sekret të ushtrisë Jugosllave. Libri i qe kushtuar heronjve të heshtur, informatorëve të nëndheshëm, anëtarëve të grupeve të bashkëpunimit vullnetar. Po ashtu edhe dy poezi të një shkrimtari të njohur, njëra për qenin e kufirit "këtë kafshë ushtare" dhe tjetra për tokën rreth vijës së kufirit, "tokë e qethur shkurt, tokë ushtare"(!).

Kosovari pasi kishte kundërshtuar për pak kohë që të mos e vizitonte atë muze, së fundi e kishin bindur se ashtu "do të bënte figurë të keqe". Para fotografisë së një diversanti të vrarë ishte ndalur më gjatë, e kishte këqyrur me më shumë vëmendje -

kështu iu raportua shokut S.S. të nesërmen - por pa dhënë asnjë shenjë kishte kaluar te fotografia tjetër. Në librin e përshtypjeve kishte shënuar shkurt:

"Lavdi atyre që e duan atdheun e për atdheun vdesin në atdhe.".

Veç malet dhe bukuritë e tjera natyrore nuk kishte mundur kush t'i shkulte vendit. Ato qenë aty, qysh në kohën e ilirëve, madje ka zëra që thonë se kanë ekzistuar edhe përpara, zëra të cilët unë i besoj. Kosovari qe ngulur para tyre, i kishte këqyrur me një vërejtje të jashtëzakonshme, kishte nxjerrë bllokun e shënimeve dhe kishte shkruar diçka ("Çfarë?", qe pyetja për të cilën shoku S.S. nuk mori dot përgjigje.).

Kthimi i tyre në qytet atë mbrëmje u prit me po të njëjtat emocione. Zbritën të pluhurosur e të zhurmshëm nga zuku i riparim-shërbimeve të komunales. U tha se do të bëninnjë dush dhe menjëherë do të dilnin në xhiron e madhe të mbrëmjes, për të ndjekur pastaj dramën e shkollës tonë. Ndërkohë që ne të rinjtë e qytetit mundoheshim të mësonim ndonjë fjalë tek-tuk për kosovarin, pleqtë me kohë ishin mbledhur te kafe "Gëlbaza" e pensionistëve dhe kishin filluar "hetuesinë" me Adem flokëkuqin, babën e studentit që qe shok me kosovarin, thënë më shkurt me mikpritësin e tij. Ndërkohë që kosovari ishte në qytet, askush nuk u interesua për pleqtë, që gjatë atyre ditëve i pinë të qeta kafet e tyre të elbit dhe rakinë erërëndë të kumbullës.

Drama e shkollës sonë, ku unë luaja rolin kryesor,

qe një pjesë me një akt e Bertolt Brehtit, me titull "Spiuni". Subjekti i saj është i thjeshtë. Një familje e mesme gjermane, gjatë kohës së nazizmit frikësohet mos i biri i tyre 10-12 vjeç i spiunon te SS-të për lëkundshmërinë së tyre. Në vetvete, ajo qe një pjesë e dobët, kryesisht propagandistike, art antinazist, veç kishte një lidhje të nëndheshme me kohën tonë. Regjisori me sy bojëqielli të thellë, ishte i kënaqur që i qe lejuar ta inskenonte. Drama ka katër personazhe, një burrë dhe një grua, djalin e tyre, si dhe një shërbëtore. Kurrfarë spiunimi nuk ndodh edhe pse burri dhe gruaja pothuajse vdesin nga frika. Në fund të dramës, aktorët recituan edhe një cikël poezish të Brehtit në njërën prej të cilave thuhej: "Njerëz, kur vritet një qytetar, është vrarë i gjithë qyteti.". Në këtë moment, regjisori më kishte porositur që t'i shikoja në sy, t'ua ngulja thellë vështrimin spektatorëve në sallë, të mbushesha mirë me frymë dhe t'ua përplasja në fytyrë me gjithë fuqinë time ato fjalë. "Spektatorët duhet ta harrojnë Brehtin dhe të kujtojnë vetveten! Të zgjohen nga ideja se janë në teatër dhe që ato fjalë që thua janë roli yt. Jo, ato fjalë janë misioni yt, mesazhi yt!". Kështu më porosiste regjisori veçmas. Unë bëja prova përrenjve e humbëtirave në periferi të qytetit, ku shëtisnim jo rrallë me regjisorin dhe piktorin bojëhiri. Qe nata e fundit e premierës. Partnerja ime, ylli im, me të cilën kisha rënë në një dashuri të thellë, qe mjaft e emocionuar. Fillimi i ngadalshëm, programimi pothuaj digjital i batutave, lëvizjeve dhe muzikës, e cila larg në sfond kishte të incizuara fjalimet me zë metalik të Hitlerit, e vunë sallën në heshtje të thellë. Ashtu kishte ndodhur pothuajse çdo natë. Veç ndryshimi qe se në lozhë patën zënë vend të gjithë njerëzit më të rëndësishëm të qytetit, të partisë dhe të zyrave të tjera; në radhën e parë munda të shquaja reflektimin e syzeve të kosovarit. Kur dramës i erdhi fundi dhe ne filluam recitimin e vargjeve, bash në momentin kur unë me përqendrimin më të thellë, me një përvuajtje lutëse përzier me një përndezje padurimi po i ftoja spektatorët të më dëgjonin me çdo kusht dhe thashë batutën që i pëlqente regjisorit, në sallë filluan pëshpërimat, u shuan, filluan prapë, pastaj përsëri heshtje; unë kisha mbetur në një pozicion të ngrirë, si një statujë shenjti që edhe lutet, edhe proteston. Zëri i kosovarit, nga lozha, më hyri në veshë: "Bravo! Bravo!". Gjithë salla u kthye drejt tij. Ai duke parë në drejtimin tonë filloi të duartrokiste. Veprim që e ndoqi salla. Ia kisha arritur qëllimit. Regjisori, sapo u mbyll perdja, vrapoi dhe më mori në krahë: "Mrekulli! Mrekulli!". Perdja u hap përsëri. Salla qe ngritur në këmbë dhe nuk po reshte së duartrokituri. Vështirë se i gjithë spektakli të ketë zgjatur më shumë se njëzetë minuta; njerëzit kanë duartrokitur gati gjysmë ore. Pas perdeve, dikur erdhën shumë njerëz, mes tyre edhe kosovari. Ai më përqafoi. Ndjeva një ngrohtësi të veçantë, sikur po shihesha me një të afërm të cilin ma kishin larguar me dhunë nga duart para shumë vitesh dhe qysh se atëherë as kisha parë e as kisha dëgjuar për të. Ai m'i kishte vënë duart në supe dhe më tundte nga pak duke bërë shenja me kokë, të cilat donin të më thoshin se ai e kishte kuptuar nëntekstin, po më përgëzonte për mjeshtërinë dhe për gjithçka. Pas pak, të njëjtën gjë bëri edhe me partneren time. Me të vetmin ndryshim se atë e puthi në faqe, madje shumë afër qoshit të buzëve, aq sa mua më theri në zemër. Mblodha forcat dhe bëra sikur nuk kisha vënë gjë re. Pas pak, kur dolëm, na ftuan të shkonim në turizëm e të pinim diçka. Në tavolinë qenë ulur mbi njëzetë vetë. Ylli im qe ulur pranë kosovarit, ndërsa mua më kishte rënë vendi pak më në skaj, edhe pse nga fillimi i bisedës unë u konsiderova si njeriu më i rëndësishëm i mbrëmjes. Pak më vonë, bisedat rrodhën natyrshëm; shpeshherë dëgjoja gjëra të rëndomta. Kosovari, herë pas here, ia hidhte sytë flirtueshëm "të dashurës sime". Ajo shkëlqente nga një dritë që dukej sikur i buronte nga zemra. Hijeshia e saj po rritej me shpejtësi marramendëse para syve të mi. Po kaq më dukej sikur ajo po largohej prej meje, prej kraharorit tim (kurrë nuk e kisha përqafuar, aq më pak ta kisha puthur), po avullonte, po tretej diku larg, nëntë fusha, nëntë male, nëntë kufij kaptuar. "E dashura ime" jo më kot quhej Doruntinë. Filloi të më merrte malli për të. M'u duk vetja sikur isha diku i ngujuar në një bjeshkë, larg të afërmve dhe të njohurve. I dënuar të mos bisedoja as me drurë dhe as me zogj, as me gurra, as me përrenj. I vetmi komunikim që më qe lejuar, qe ai me qiellin: atij mund t'i thërrisja, t'i klithja, t'i lutesha, ta shaja, mallkoja, t'ia bëja qejfin, t'i përgjërohesha, t'i bija në gjunjë, ta pështyja, ta gjuaja me gurë, t'ia shaja me nënë e me motër të shtatë rrathët e pafund. Zëri im tretej lugjeve e përrenjve, jehona e tij shuhej shkrepave e pishnajave, i përcjellë jo rrallë nga krrokama e ndonjë korbi në kërkim të trupave të vdekur. Befas dëgjoja edhe rrëzimet e rrëmujshme e të rrëmetshme të ortekëve nëpër maja. Theqafjen e tyre të egër, jetëshkurtër. Atje më kishin thënë se qe fshehur Doruntina, atje më kishin thënë se e kishin parë së fundi, para se ta kalonte kufirin e parë. Atje e kishin parë hipur mbi një kalë, së bashku me një djalë.

Mua nuk më lejohej ta kaloja kufirin. Nuk e kisha guximin e mjaftueshëm, edhe pse motivi im qe i lartë, që fisnik dhe i vjetër sa bota, sa libri i Homerit dhe historia e Helenës. Rivendosja e nderit, rikthimi i vashës së rrëmbyer, qe një akt i vjetër sa edhe kacafytjet kozmike të titanëve, gjysmë zotave e gjysmë njerëzve, qysh se kur bota ka qenë një guzhëm lumenjsh, ishujsh, shkretinash dhe liqenesh prej zjarri. Alkooli që kisha pirë, m'i kishte turbulluar të gjitha. Unë s'isha mësuar të pija. Atë mbrëmje kisha marrë një ponç portokalli, një pije mjaft e fortë edhe pse e ëmbël. Kosovari po pinte ujë të gazuar. Si gjithmonë, vetëm ujë të gazuar. Ndoshta ai nuk ka nevojë si ne ta turbullojmë kokën, t'i pështjellojmë idetë, ta fshehim dhimbjen e përditshme. Të dehemi për të harruar.

Kërkova edhe një ponç tjetër për inat të tij, doja t'i bija në sy që po pija, t'ia tërhiqja vëmendjen, ai nuk mund të largohej nga ajo tavolinë pa e marrë vesh se sa dhembje më kishte shkaktuar, se çfarë plage kishte hapur në shpirtin tim, se sa poshtë kishin rënë konsideratat e mia për të. Ai duhej ta dinte se për mua nuk ishte më ai kosovari i para disa ditëve, ai i huaji i çuditshëm, që kishte jetuar jashtë kufijve të atdheut tonë, ai njeriu që bën dy universitete njëherësh; tashmë e kisha kuptuar shumë mirë pse donte të bënte dy fakultete, donte të fshihte pas diplomave boshllëkun e tij, mungesën e moralit. Nuk thoshin kot gjindja e partisë që ata janë të degjeneruar, janë revizionistë. Kanë pasur plotësisht të drejtë. A nuk e puthi ai të dashurën time në sy të të gjithë botës e para meje? A nuk po i hedh tani shikime flirtuese, të rrezikshme? A nuk i shkon ndërmend atij se po bën një mëkat, një krim?! Po tërhiqte në mëkat një vajzë të re, një adoleshente të izoluar, që nuk ia ka haberin botës, që madje as politikë nuk di? Nuk e di ajo se çka do të thotë degjenerim borgjezo-revizionist. Po unë e di. E di shumë mirë! Mua nuk më bëhet vonë fare nëse bëj skandal! Skandal? Çfarë skandali është t'ia thuash tjetrit të vërtetën në fytyrë? Skandal po bën ai. E din ai që Doruntina ime ka vëllezër, ka baba, më ka mua? Më ka mua, që nuk lejoj njeri në botë ta poshtërojë, ta gënjejë të dashurën time! Në atë çast, në sallën e madhe të kafes hynë një grup njerëzish të veshur me uniforma policie, disa të tjerë, kolegë të S.S-së me kostumet bojëgri dhe pardesytë e gjata. Thuajse e gjithë dega e brendshme. Në tavolinën tonë ra heshtja. Disa, më duket se shoferët e autobusëve, ua bënë me kokë një shenjë përshëndetjeje njerëzve të policisë dhe me shumë vështirësi biseda rifilloi. Unë kërkova të ngrihesha, duke bërë me kokë nga Doruntina që edhe ajo të ngrihej. Kosovari kërkoi kamerieren për të paguar. U bë njëfarë rrëmuje. Shoferët nuk deshën ta linin të paguante. Ndërkohë unë kisha dalë në hollin që ndante kafenë me restorantin dhe sportelin prej druri të hotelit. Aty rrinte gjithmonë si i mpirë një statujë bufe me këmbë të shtrembra, një punonjës i hotelit, për të cilin thuhej se punonte për degën e punëve të brendshme më shumë sesa për hotelin. Përballë qe një pikturë murale me shkëmbinj të mjegulluar, ku nja dy-tri dhi të egra kullosnin heje akulli. Qe një pejzash surrealist, që më tepër i bënte jehonë një vetmie shpirtërore të përmasave kozmike dhe një lirie të egër e të braktisur sesa natyrës vërtet të mrekullueshme të alpeve. Kosovari m'u afrua dhe tha:

"Ato male janë shumë krenare për të qenë të vërteta, veçse është thjesht krenaria që i mban në këmbë, përndryshe do të ishin bërë pluhur e hi me kohë.".
U përpoqa të kuptoja nëntekstin e atyre fjalëve, por shpejt m'u krijua ideja se qe thjesht një sentencë e thatë, e komplikuar veç për të fshehur boshësinë e saj. Ndërkohë edhe të tjerët qenë afruar.

"Po për dhitë e ngujuara në shkrepa, a ke ndonjë

ide? Si mund t'i shpëtosh ato, çfarë mashtrimi duhet përdorur për t'i bërë të zbresin nga atje? T'ua ofrosh kripën e detit ndoshta nëpër rrasa si dhive të buta!". Plasi një e qeshur e zhurmshme. Kosovari m'i nguli sytë dhe u përpoq të më jepte sinjale miqësore, të cilat me dashje nuk i deshifrova. Jo, unë me atë isha thyer. Ai ishte përpjekur gjatë gjithë mbrëmjes që mesazhe të tjera t'i përcillte të "dashurës sime". Unë i verbër nuk jam, edhe aq i pafytyrë sa ta braktis të dashurën time në më të parën vështirësi që më paraqitet. Dueli im me kosovarin sapo kishte filluar. Rruga është e gjatë. Nuk rrëmbehet aq kollaj femra e tjetrit, edhe nëse ajo është e vullnetshme. Unë kisha detyrime ndaj saj, unë e doja, ndaj isha i detyruar t'i dilja në mbrojtje. Tjetër gjë është se nuk ia kisha prezantuar asnjëherë në mënyrë të plotë dashurinë time, kishte me mijëra arsye që ajo ta kishte kuptuar dhe ta ndjente atë. Gjërat e rënda rrinë gjithmonë në fund. Edhe pse nëpër vjershat e mia e krahasoja dashurinë për të me "një puhizë të lehtë bleroshe", pesha e saj qe tjetër gjë. Ajo dashuri për mua peshonte sa bjeshka. Qe më e rrëmbyer se vrulli i ortekut, më përvëluese se rrufeja që ia shkurton jetën pishave të gjata në mes të një pylli. Sigurisht, më e kthjellët se loti në syrin e vogël të zogut, më e magjishme se magjia e zanave të të gjitha liqeneve të bjeshkëve të mia. Ajo s'qe një dashuri urbane, me fishkëllima, me kacavarje nëpër dritare, me takime të dyshimta nëpër qoshe e skuta të errëta e të ndyta. Ajo s'qe një dashuri ku vetë fjala si e tillë paraqet më tepër shëmtimin e pamjes së jashtme të organeve gjenitale dhe rënkimet vulgare të aktit disaminutësh, aq ligsht i ngjashëm me atë të të gjithë gjitarëve të tjerë, madje edhe të shpendëve e të insekteve, gjithë gjallesave që shumohen me bashkim kromozomesh.

I VRARI DHE UNË

Fushë-Kosovës i ra prapë mjegulla. Për herë të parë në jetën time gjendesha para një hapësire kaq të gjerë. Malet që rrethonin qytetin tim më kishin krijuar idenë se e gjithë bota, të gjitha shtetet dhe qytetet rrethohen nga male. Si një pikë e zezë po sillesha nëpër mjegull, pa ditur saktësisht se çfarë kërkoja. Kishte dy ditë e dy net që endesha atyre fushave. Gjatë gjithë kohës së luftës në Kosovë kisha ndihmuar të deportuarit, natën e ditën, me ilaçet e mia, duke ecur dy-tri orë në këmbë. Kisha mjekuar ushtarë, ndihmuar gra të reja të lindnin, kisha vaksinuar të vegjlit. Asgjë nuk më dukej e njohur. Me imagjinatë përpiqesha të retushoja ndonjë copë peizazhi për t'ia afruar përfytyrimeve të mia, por përfundoja në një përzierje të rrëmujshme të lagjeve periferike të qyteteve europiane me copa lëndinash e shkurrishtash buzë një lumi të pistë, grumbuj hekurishtesh të ndryshkura, vagonë trenash të braktisur, parmenda, rrota qerresh, përzier me shirita shumëngjyrësh plastikë, poshtë një qielli të rëndë si plumb prej reve të murrme. Befas shquajta në një qoshe rrugëzën e imtë buzë përroit shkumëbardhë, mbuluar krejtësisht prej lajthive, rrugëzën në të cilën kisha imagjinuar të shëtisja, por ajo befas u zgjerua, u bë rrugë e gjerë, shtruar me asfalt të copëtuar nga zinxhirë tankesh. Lajthitë e brishta rreth e rrotull saj shndërroheshin në trungje të cungta plepash të kalbur. Një elips i kthjellët bënte vend mu në zemër të mjegullës, duke më lejuar të shihja një copë qiell të vjetër me një hënë të nxituar dhe yje çapkënë xixëllitës. Këmba m'u fundos në një pus me ujë të turbullt. U ula në një gurë të ftohtë dhe të lagësht, zbatha këpucën dhe ia shkunda ujin. Përtokë munda të shquaja gëzhoja të shumta plumbash. Ktheva kokën pas gurit e pashë një trup të shtrirë njeriu, gjysmë të dekompozuar. Pranë tij, një armë e ndryshkur. E ktheva njeriun me fytyrë nga qielli. Nuk e njoha, fytyra i qe dëmtuar tej mase. Në kafkën e zhveshur munda të shquaj gjurmët e dy plumbave. Hapa bajonetën e armës dhe nja dy-tre hapa më larg fillova të gërryeja tokën e lagur. Pas gati një ore arrita me hapë një gropë tridhjetë centimetra të thellë. Vendosa ta thelloj edhe më shumë. M'u duk se i vdekuri do të kishte të ftohtë po të varrosej aq afër sipërfaqes. Trupi filloi të më ngrohej. Mendja nuk më punonte për asgjë. E vetmja ide që endej nëpër trurin e zbrazur qe ajo që të hapja një varr sa më të thellë. Ta varrosja atë ushtar sa më mirë të ishte e mundur. Pas dy-tri orësh pune të pandalur vërejta se nuk mund ta shihja më rrugën, veç një katror të mjegulluar sipër kokës. Thellësia e gropës m'u duk e mjaftueshme. Era e rrënjëve të njoma dhe vlaga e tokës më kënaqen. Vendosa të pushoja pak para se ta varrosja ushtarin. U ula, ndeza një cigare dhe, i mbështetur në faqen anësore të varrit që kisha hapur, më zuri gjumi.

...Në fillim dëgjova disa zëra të largët që po grindeshin, më vonë disa urdhra në rusisht. Zërat u afruan dhe befas shquajta në buzët e gropës disa njerëz të armatosur. Dukej sikur mbanin çizme të gjata gjahtarësh. Nga vrimat e zeza të tytave të armëve të tyre m'u duk sikur rrodhi një lëng i jargët, bojë ndryshku. Njëri prej tyre hapi gojën dhe rrufeshëm ia numërova të gjithë dhëmbët e sipërm, gjashtë prej të cilëve i mungonin. Dhëmbët e tjerë m'u dukën tmerrësisht të mëdhenj dhe të palarë. Duhma që i doli prej gojës mbante erën e ushtarit të vdekur, të cilin kisha dashur ta varrosja. Dikush u zgërdhi. Lëshoi disa tinguj, si puna e një qeshjeje të dështuar, përzier me koll të gëlbaztë. Mbi kokat e tyre fluturuan një tufë korbash, me pelerina të mëdha të zeza dhe sqepat e kuq si yll sovjetik. Dikush tha: "Ky duhet të jetë ndonjë nga ata tradhtarët e..." dhe shqiptoi nja dy-tri shkronja, që ndoshta shërbenin si iniciale të ndonjë partie. "Ta vrasim komandant?". " Në emër të popullit...", tha duke u zgërdhirë përsëri dikushi. "Duhet ta marrim në pyetje, mund të jetë ndonjë spiun i armikut. Ndoshta ka gjëra të vlefshme për të na thënë!", tha me ton autoritar ai që i mungonin gjashtë dhëmbë e dhëmballë në nofullën e sipërme. Pastaj urdhëroi: "Merreni!".

Pothuajse gjithë rrugën më tërhoqën zvarrë, por, për fat, shtabi i tyre nuk qe larg. Aty më futën në burg, një si punë gjysmë grope e rrethuar me hunj të gjatë të mprehur në majë, përforcuar me tela me gjemba. Fill u paraqitën dy larana të veshur me uniformë të re, vishkuj të gjatë, me fytyra pa shprehje, të rruar e të qethur dhe me erë therëse parfumi. Njëri mbante shënime, tjetri pyeste: "Kush je, i kujt je, nga je, pse je, tek je, ku qe, ku ishe, pse ishe, ku do të shkosh dhe pse do të shkosh, kush fshihet pas teje, po para teje, çfarë misioni ke, kush ta ka ngarkuar...". Ata pyesnin në rusisht. Këto mbaruan shpejt, pasi morën përgjigje shumë të shkurtra e të thata. Pastaj: "Çfarë mendon për komandant...?", një listë e pafundme komandantësh me pseudonime e nofka bishash, për të cilët s'mendoja asgjë, pasi, siç u thashë, nuk njihja asnjërin. "Të bëjmë ne t'i njohësh", tha njëri prej laranave dhe që të dy u larguan. Pas tyre erdhën dy rrondokopë me mjekra të leshta e të palara, si leshi i dhisë afër bishtit, i qitën veglat, një limë rrumbullake druri me diametër jo fort të madh, një palë darë, gërshërë, çekiç e kullë, që i përdorin katundarët për të mprehur kosat. M'i morën gishtat e duarve dhe filluan të m'i presin thonjtë rrëzë mishit, aq sa filluan të rridhnin gjak. Nuk shtova e as nuk hoqa asnjë pikë nga ato që u kisha thënë laranave elegantë. Pastaj m'i morën gishtat e këmbës, i vunë sipër kullës së kosës dhe i goditën njëri pas tjetrit me çekiç. Shtrëngova dhëmbët, që u erdhi radha menjëherë, pasi filluan të m'i shkulnin me darët e mëdha. Veç ulërita nga dhembjet e mishit, pa e hapur gojën të thosha gjë tjetër. Dikur më thanë se ajo nuk ishte asgjë; e keqja më e madhe do të ndodhte më vonë, nëse nuk flisja, nuk thërrisja rroftë komandant filani, poshtë tradhtar filani, nëse nuk pranoja se ata qenë njerëzit që do të sillnin lirinë dhe askush tjetër. Pas pak kohe, ata erdhën prapë, tashmë bashkë me laranat, bëheshin katër; më zhveshën, ma qitën atë sendin përjashta, morën limën e drurit dhe filluan të ma fusnin në kanalin urinar. Ia dhashë një vikame, një ulërime. Ata m'i diktuan fjalët që kisha për të thënë: "Poshtë presidenti, rroftë komandanti!". Më shkoi ndërmend të thërrisja: Poshtë Zoti i madh që ka pjellë monstra si ju! Por nuk munda; rashë shakull përdhe, pa ndjenja.

Kur u zgjova, vërejta se thonjtë po më kullonin gjak nga gërryerja e dheut, gishtat e këmbëve nuk mund t'i lëvizja se qenë ngrirë, dhëmbët qenë mpirë nga shtrëngimi...! Mbeta si i shkalluar nga ajo ëndërr. Pse duhej të flisnin rusisht njerëzit që më kishin torturuar në ëndërr? Si qe e mundur që i kisha kuptuar, kush kishte përkthyer? M'u duk vetja i dobët në atë ëndërr, nuk kisha mundur të rezistoja, të tregoja një fije dinjiteti, të mbrohesha disi. Më erdhi keq që qeshë zgjuar, që e kisha humbur fillin e ëndrrës së frikshme pa ua bërë të qartë se e vërteta nuk mund të fshihej në rrënjë të thonjve, të dhëmbëve apo te nyjat e gishtave. E vërteta nuk është lëng që të mund të shtrydhet nga përdredhja e muskujve. Në fund të fundit t'u thosha se për atë liri që do të sillnin ata, nuk ishte e nevojshme të luftohej, të derdhej gjak as të shkatërrohej gjithçka, pasi atë lloj lirie ne e kishim, lirinë e një bande për të dhunuar! Çfarë rëndësie kishte gjuha zyrtare e bandës, serbisht, rusisht, shqip?! Kuptova se kjo qe mençuri pas kuvendi, asnjë prej atyre fjalëve nuk e kisha thënë në kohën e duhur, le të qe ajo koha e pakohë e ëndrrës.

Qe bërë natë. Mjegulla e trashë mbi gropë qe nxirë, ndërsa gjithë rrobat e mia qenë ujë nga lagështia, që më kishte hyrë deri thellë në trup. Bëra të lëvizja, por ëndrra që kisha parë ma kishte ftohur gjakun. Ndjeva tiktaket e zemrës, si ato të një ore të fshehur nëpër lecka diku në fund të një dhome të braktisur. U inkurajova prej tyre. M'u dukën miqësore, si një ftesë për të jetuar, për ta braktisur atë varr dhe atë ushtar të vrarë kushedi para sa kohësh. Desha me gjithë shpirt të gjeja një dritë, një zjarr të ndezur, një derë të hapur, një të lehur qeni dhe një kollitje burri, të qarën e një fëmije dhe zërin e një gruaje, desha të shihja tymin e një oxhaku dhe gjurmët e bagëtive mbi baltën e rrugës, por... sa munda të shihja prej buzëve të gropës që kisha hapur vetë, nuk munda të shquaja gjëra të ngjashme. Hapa çantën, nxora një shishe gjysmë litërshe me raki dhe e ktheva rrëmbimthi atë që kishte mbetur. Ndjeva nxehtësinë e lëngut që po rrëshqiste në stomak. Iu afrova trupit të ushtarit të vrarë. Për herë të parë pas kaq orësh më shkoi ndërmend të kontrolloja në xhepat e uniformës, në çantën e tij të shpinës. Gjeta një orë "Omega", që punonte akoma, një batanije dhe një fletë çadre prej kanavace, dy krehëra fishekësh, një copë bukë misri të qullosur, dy konserva mishi të pahapura, një fletore, një pagurë me qumësht të prishur, disa ndërresa dhe në xhepin e brendshëm të xhaketës një mbajtëse parash me disa lekë shqiptarë dhe dyqind marka gjermane. Pak më tutje gjeta një portofol tjetër, plot me marka, rreth gjashtë mijë, një dokument identifikimi të Republikës Popullore Socialiste të Shqipërisë, por që nuk ngjante as me leje njoftimi, as me pasaportë. Një dokument që kurrë nuk e kisha parë në jetën time. Shquajta një pjesë të mbiemrit: "... areva", para tij një pjesë të emrit "Na...". Pjesët e tjera qenë fshirë. Fotografi nuk kishte fare. Shquhej në krye të dokumentit: Republika Popullore Socialiste e Shqipërisë, Ministria e Punëve të Brendshme, vendi e viti i lëshimit Tiranë, 1987. Vendlindja Kosovë, vendbanimi Qyteti i Studentit Tiranë, godina 18. Republika Popullore Socialiste e Shqipërisë qe zhdukur nga faqja e dheut me ndryshimet kushtetuese të vitit 1992. Tashmë ekzistonte vetëm një Republikë e Shqipërisë, pothuajse tërësisht në duart e fëmijëve të atyre që kishin qeverisur me gjak e me zjarr RPSSH-në. Përveç këtij dokumenti të çuditshëm gjeta edhe foton e një fëmije dy-tre vjeçar, si dhe një copëz gazete "Zëri i Kosovës". Artikulli i shkëputur fliste për entuziazmin e degës së LPK-së në Ertingen të Gjermanisë, ku i riu me brumosje të thellë marksisteleniniste, me inicialet N.G., kishte deklaruar se do të linte gruan dhe vajzën dhe do të nisej në front. Iu ktheva fotos. Ndeza një fije shkrepëseje për ta parë më mirë. Një vogëlushe flokëverdhë, me faqe topolake rozë, me buzë të fryra si dy qershi, si rastësisht të hedhura mbi fytyrën e pastër. Një buzëqeshje e imtë i varej si pendueshëm në qosh të buzëve. M'u duk se atë fytyrë të vogël fëmije e kisha parë diku para dhjetë vjetësh, para njëzetë vitesh, para një shekulli. M'u duk se e njihja atë fëmijë ose një të ngjashëm me të, po po, qeshë i sigurt se diku e kisha parë atë vogëlushe. Po. Ajo foshnje i ngjante Doruntinës! E vështrova me vëmendje; kishte flokët, buzët dhe sytë e saj, veç molisjen siç duket kish refuzuar ta merrte nga e ëma. Po si qe e mundur që fotografia e një foshnjeje që i ngjante asaj, të gjendej përtokë, jo shumë larg trupit të një ushtari të vdekur, një ushtari të panjohur, në një tokë të cilën po e shkelja për herë të parë? A mos fantazia, ëndrra, haluçinacioni, prania e ushtarit të vdekur po sundonin trurin dhe arsyetimin tim? Po krijonin imazhe të njohura, të ngrohta, sa për të mundur mbetjet agresive të ëndrrës që kisha parë në fund të gropës? Përreth gjithçka kishte filluar të nxihej, nata kishte rënë pothuajse plotësisht, errësira shtohej më tepër nga palët e trasha e të ngopura me lagështi të mjegullës. M'u kujtua se jo shumë larg gjendeshin mbeturinat e një gardhi të vjetër, të rrëzuar. U nisa në atë drejtim me mendimin për të mbledhur dru sa për të ndezur një zjarr. Pas pak u ktheva me krahun plot dru të lagura. I hodha në fund të gropës. Theva krandet e imta, i fshiva me qoshen e xhaketës, sipër tyre vura të tjera pak më të trasha dhe në fund disa hunj. Nga fundi i fletores që kisha gjetur grisa një faqe dhe u përpoqa të ndizja krandet e imta, zjarrin tim. M'u desh të shkoqja shume faqe. Dikur ia arrita. Ato morën flakë, dalëngadalë u terën edhe krandet e tjera dhe kështu, pas gjysmë ore, ia mbërrita të ndizja një zjarr për të qenë. Shkova prapë te mbeturinat e gardhit dhe u ktheva me një krah dru edhe më të madh se të parin. Dheu filloi të terej, ndërsa tymi, edhe pse e bënte një dredhë nëpër gropë, tretej e përpihej menjëherë nga mjegulla. Duke kaluar pranë ushtarit, më erdhi keq për të, m'u dhimbs; edhe pse i vdekur, m'u duk se kishte të ftohtë. E tërhoqa me kujdes që të mos e dëmtoja edhe më shumë kufomën e tij dhe e afrova pranë gropës. I mblodha sendet e tjera dhe u rrasa në gropë, pranë zjarrit. Me bajonetën e armës së ushtarit hapa njërën prej konservave të mishit. E vura tasin e teneqes pranë zjarrit dhe prita sa të ngrohej. Prapë me majën e bajonetës e hëngra mishin. Qesh më tepër sesa i uritur, qesh i zhgardhnuar. Mora bukën e misrit të qullosur, ia preva anët ku kishte filluar të harlisej myku dhe atë pjesë që mbeti e përshesha brenda tasit; e lashë përsëri të vlonte pranë zjarrit. Pasi e përpiva, befas m'u rikujtua ushtari. Edhe ai mund të ishte i uritur. Sigurisht që ishte i uritur, ndoshta nuk kishte ngrënë asgjë para betejës, asgjë ndoshta s'kishte futur në gojë as gjatë saj, kur ishte vrarë s'kishte pasur më kohë të ushqehej. Ka vdekur i uritur. U ngrita dhe fillova të vëzhgoja fytyrën e tij të dëmtuar. M'u duk thatim. I vockël. Ndoshta s'ka pasur më shumë se njëzetë-tridhjetë vjet. Po kush ishte ai? Nga cili qytet qe, a e dinte familja se ku ndodhej, në fund të fundit a kishte familje dhe a ishin ata gjallë? Ndoshta pikërisht pushkatimi i familjes së tij dhe ndjenja e hakmarrjes e kishte sjellë në këtë luftë. Në këtë luftë së cilës kurrë nuk do t'i dihet numri i saktë i viktimave. Jo veç në anën e armikut, por as në anën tonë. Ja, bie fjala, kush e ka inventarizuar (o Zot çfarë fjale), këtë ushtar?! Ai nuk ka as emër, as ndonjë shenjë dalluese, as medaljon, asgjë. Ai ka një automatik kinez, një batanije, një orë "Omega", pak para. Po, ka edhe një fletore... ndoshta aty është e shënuar gjithçka, po sikur të mos e kisha gjetur unë sonte, sikur ai të kishte qëndruar edhe pak ditë mbi dhe, nën mëshirën e shiut, diellit, erës, mjegullave, shpendëve dhe kafshëve grabitqare, ç'ka do të kishte mbetur nga ai?

Në pyet nëneja se ç'krushq i vanë
sorrat dhe korbat e hanë...

Kjo këngë këndohej diku në jug të atdheut dhe i kushtohej një ushtari të mbetur larg në tokë të huaj; po ky ushtari im që ka vdekur në tokën e tij, çfarë krushqish ka pasur?! Me një fjalë, ku i ka shokët, a u ka lënë ndonjë amanet, a janë ata të zotët t'ia përmbushin porosinë e fundit, në pyet nëna për mua, i thoni... çfarë mund t'i thonë ata nënës së tij, kur s'kanë qenë të zotët ta varrosin? Apo mos ndoshta ky ushtari im ka luftuar vetëm? Qyqe i vetëm ka luftuar kundër hasmit. Po a luftohet vetëm? A jetohet vetëm? A vdiset vetëm? Ndoshta ai vërtet ka luftuar dhe vdekur i vetëm. Është më mirë të luftosh vetëm sesa të mos dish se nga të vjen plumbi, nga shoku që ke në krah apo nga armiku që ke përballë. Vërtet, ku i ka marrë plumbat ushtari im? Në ballë apo pas shpine? Lehtas munda të shquaj gjurmët e plumbave në pjesën ballore të kafkës. Jo, ai është vrarë nga armiku. Miku të vret pas shpine, vëllai ta fut thikën në brinjë, duke qenë krahas me ty, përballë armikut, vëllai që e do atdheun më shumë se ti, ai që e do atdheun krejt për vete. Atij nuk i mjaftojnë kurrë armiqtë, deri sa në fund vret edhe vetveten. Po ai tjetri që kish humbur portofolin, badifokën, ai me dokumentin e çuditshëm të RPSSH-së, me copën e gazetës, me ato mijëra marka dhe një foto fëmije që i ngjante Doruntinës, nga ia kish mbajtur? Pse e kishte lënë mbi dhé mikun e tij, bashkëluftëtarin e tij? Apo një i vdekur është gjithmonë më mirë se dy të vdekur?

Nxora kokën mbi gropë, i hodha një sy të vdekurit. I heshtur, i nxirë, gjysmë i kalbur, lëshonte veç një erë të rëndë kufome. Po kush kishte folur? Më kë kishte ndërruar ai gjithë atë bisedë, çfarë vete tjetër fshihej si hije dhe fliste në emër të ushtarit të vdekur? A kishte shpirt njeriu në gjithë atë fushë të errët që sapo kishte filluar të çlirohej nga mjegulla e trashë? Ndoshta ishte vetë shpirti i ushtarit? Ndoshta...i atij tjetrit që kishte humbur jo jetën, por badifokën, kuletën me para, me dokumentin e çuditshëm dhe me një foto. Pas pak m'u duk e parëndësishme se kush kishte folur, madje as që kishte folur kush - sigurova vetveten! I pajtuar iu riktheva gropës dhe zjarrit. Hapa fletoren e ushtarit dhe, para se të lexoja, vërejta se kur kisha shkoqur faqe për të ndezur zjarrin, kisha grisur edhe një të shkruar, fjalia e fundit qe e papërfunduar. Nuk qesh i sigurt nëse ai e kishte shkatërruar pjesën e fundit të ditarit, e kishte lënë pa kuptim fjalinë e fundit, apo ushtarit të vdekur nuk i kishte mjaftuar koha për ta përfunduar. Kjo është një vogëlsi, ngushëllova veten. Sa gjëra të papërfunduara i kishin mbetur këtij ushtari të vdekur? Tashmë ushtari i vdekur m'u duk si kapitull i mbyllur, si një libër apo fletore që, edhe pse nuk e ka fjalinë apo faqen e fundit, e ka të paktën të sigurt një varr në atdheun e vet. Varr në të cilin do të më zëvendësojë nesër, herët në mëngjes, kur të nisem për rrugë. Mendja tashmë më qe ngulur tek e vetmja e dhënë që kisha për pronarin e portofolit të gjetur jo larg kufomës së ushtarit të vdekur, për ushtarin tjetër, jo të vrarë, të larguar me nxitim nga vendbeteja, të ikur ndoshta, e që në ikje e sipër kish humbur shumë para, gjashtë mijë marka, një dokument identifikimi të çuditshëm, që nuk e identifikonte, një copëz gazete me një artikull idiot, si dhe foton e vajzës së vet. Vajza e vogël ngjan me Doruntinën ose unë jam i sëmurë shumë rëndë. Preka ballin se mos kisha ethe, se mos po përçartja nga nata, të ftohtit, frika, varri që kisha hapur vetë, nga i vdekuri që më rrinte përbri, jo larg në hyrje të gropës. Të gjithë fëmijët ngjasojnë me njëri-tjetrin, u përpoqa të justifikohesha, ta largoja nga mendja fytyrën e bebes në fotografinë e gjetur. Në fund të fundit kisha vite që përpiqesha ta hiqja nga mendja fytyrën, imazhin e Doruntinës; nuk ia kisha arritur dot kurrë plotësisht. Ajo më rrinte e fiksuar në retinë si një yll i ndritshëm, prej atyre që enët e gjakut të syrit kur shtypen projektojnë në tru, të vezullimtë, të tejdukshëm, forma të shkapërderdhura që largohen e afrohen, që zhduken në njërin qosh të syrit për t'u rishfaqur në anën tjetër. Kështu edhe imazhi i Doruntinës, dukej e zhdukej nga sytë e mi, por nuk kalonte kurrë një sekondë pa u rikthyer me një formë tjetër, me një ndriçim e kthjelltësi të re. Kësaj here ai portret i shumëfishuar i Doruntinës më përzihej pamëshirshëm me portretin e fëmijës së vogël, foshnjës djalë apo vajzë të fotografisë së gjetur në portofolin e një lexuesi të gazetës "Zëri i Kosovës", organ politik i LPK-së.

SKULPTORI OSE GDHENDËSI I VARREVE

Agim R., në vendlindjen e tij kishte qenë skulptor i njohur. Kishte hapur ekspozita edhe në disa vende të huaja. Tashmë i kujtohej muzika e butë klasike që shpërndahej nëpër sallonet e ndriçuara e të mermerta të qendrave kulturore e komerciale ku kishte ekspozuar punimet. Qysh atëherë ruante një dhimbje të pakallëzueshme për punimet që i shiteshin. I dukej sikur dikush po ia shkulte një copë jetë, një fragment të shpirtit, për t'ia dërguar diku larg. Ditën e parë që hapej ekspozita, pas ceremonisë, përshëndetjeve, intervistave, fotografive e filmimeve, ulej në një qosh të saj dhe i ndiqte me sy vizitorët notues, që hynin e dilnin valë-valë. Ndonjëri kërkonte të fliste me autorin; ai ngrihej dhe bisedonte në cilën gjuhë që preferonte çdokush. Një zonjushë, që ish prezantuar si gazetare e që në fakt kishte qenë gruaja e një politikani të rëndësishëm të atij vendi nordik, i pat thënë se rrallë kishte kaluar një mbrëmje më të këndshme sesa atë natë dhe kishte shtuar: "Të mrekullueshme skulpturat, i mahnitshëm shpirti juaj" dhe i kishte shkelur syrin. Agim R. kishte ndjerë një si rrëzim të beftë brenda kraharorit e kur kishte dashur të fliste, ajo qe në dalje të sallës, pranë një burri të stërmadh, që po i mbante pallton. Ditëve të fundit, kur numri i skulpturave vinte e zvogëlohej nga shitjet, ai endej nëpër sallë duke vërejtur vendet bosh, greminat që ishin krijuar nga mungesa e tyre. Edhe ato që kishin mbetur, i dukeshin më të lehta, pa peshën e natyrshme të drurit apo metalit, të gurit apo mermerit prej të cilit ishin gdhendur, atyre për më tepër u mungonte pesha e brendshme artistike; shpirti që ai kishte derdhur në to, kish filluar të rridhte, t'i braktiste, duke i shndërruar në forma të hijshme, por pa domethënie. Kur i kthente në Prishtinë dhe i rivendoste në atelienë e tij, vërente si u kthehej natyrshmëria, vitaliteti dhe shpirti. Ndoshta janë mërzitur nëpër ato salla të largëta me ndriçime polare, të huaja. Atje, në atë gjysmë bodrum, gjysmë të ndriçuara, ndjehen si në shtëpinë e vet. "Home sweet home" shkruhet nëpër daljet e aeroporteve, por skulpturat, mbyllur nëpër arka, udhëtonin me makinë e nuk kishin si ta dinin atë fjali. Nuk kishin mundur ta lexonin. Pastaj atje gjenin pjesë të trupit të vet, ashkla druri, pluhur guri dhe mermeri, copëza metali. Gjenin edhe simotrat e dështuara, të harruara, të pluhurosura dhe të gjuajtura nëpër qoshet e errëta të ateliesë. Mbi gjithçka, kuptonin gjuhën e të gjithë atyre që hynin për t'i vizituar. Oh veç t'i shihje se si ngazëlleheshin nga komplimentet e se si i rrudhnin turinjtë nga vërejtjet, sado anësore të ishin. Atje larg, në veri të dheut, nuk e kishin çarë kokën për vizitorët e shumtë. Nuk iu bënte përshtypje asgjë. As që kishin më të voglën dëshirë për t'u dukur të bukura. Aq më pak t'u bënte përshtypje indiferenca e tyre. Vetëm natën, kur mbeteshin vetëm, ia krisnin muhabetit deri në mëngjes. Kur dëgjonin kërcitjen e bravës së derës dhe përgjegjësin e sallës që ndizte dritat, kridheshin në heshtje. As kur ua merrnin ndonjë shoqe nuk e hapnin gojën. Ato e dinin që pothuajse të gjitha i priste i njëjti fat. Skulpturat më të parealizuara, më të dobëtat qenë më me fat; atyre u binte të ktheheshin përsëri në atdhe, përsëri në atelienë e tyre të shtrenjtë në Prishtinë. Por, tashmë që vet autori i tyre kishte ikur, ato ndjeheshin më të braktisura dhe të kërcënuara se kurrë. Vetëm tani e kuptuan rëndësinë e shitjes, e të ndodhurit diku larg asaj studioje, që vidhej çdo ditë dhe rrezikohej t'i vihej zjarri. Ato i dëgjonin plumbat dhe shpërthimet e bombave! E vetmja gjë që i ngushëllonte qe se autori i tyre pat shpëtuar. Ai sigurisht që do t'i rikrijonte edhe një herë nga hiri, edhe nëse digjeshin. Ato e dinin se sa i donte. Por tashmë ai ishte larg, në tokën e kantoneve, punonte diku në një varrezë të huaj, për të vdekur të huaj. Skulptorit i kishin vdekur ati dhe biri; ia kishin vrarë. Kishte bërë si kishte bërë e ishte kthyer, kishte marrë pjesë në varrimin e tyre. Tashmë i mbetej të varroste shpirtin. Në varrim nuk kishin shkuar shumë njerëz. Kishin se çfarë të bënin para se të merrnin pjesë në kortezira të tepërta për një kohë lufte. Gjindja rrinin të susatur pas dritareve me frikë në zemër. Më vonë morën pak guxim e mallkonin me zë të lartë çdo njeri të armatosur që kalonte nëpër fshatin e tyre. Kjo qe një hakmarrje jo e vogël, pasi qe bërë publikisht në oborrin e gërmadhave të xhamisë. Agim R-së, dhimbjen e ndjerë për babën dhe të birin iu desh ta fshihte në fund të kraharorit. Puna qe më keq sesa e kishte menduar. Të nesërmen e ditës së varrimit i trokiti në derë një fëmijë me një letër të shkruar në gjuhën e vendasve, pra në gjuhën e vet, në atë gjuhë së cilës edhe shkronjat, edhe tingujt i ndryshonin prej asaj të njerëzve me uniforma e të armatosur, që e quanin veten polici. Letra i vinte nga ata që ia kishin vrarë babën, në emër të idealeve të larta, ndërsa padashje ia kishin vrarë edhe të birin. Në letër i kërkohej ta lëshonte fshatin brenda njëzet e katër orëve të ardhshme, përndryshe do ta pësonte si i ati. Nuk ia kishin përmendur të birin. Pra, ai do të pushkatohej si i ati, nuk do të vritej aksidentalisht si i biri. I tha fëmijës të priste pak deri sa të shkruante një përgjigje dhe t'ua kthente mbrapsht atyre burrave të armatosur. Djaloshi u bind edhe pse ai vonoi bukur shumë t'i shkruante ato pak fjalë.

Tashmë i kujtonte fjalët që u kishte shkruar vrasësve, ulur buzë varrit të betontë të një të huaji, i cili do të duhej t'ia lironte vendin një të vdekuri të ri. Kështu një herë në dhjetë vjet ndërrohen të vdekurit e parëndësishëm. Ata që në jetë kanë qenë të tillë, të tillë mbeten edhe në vdekje. Ashtu, pa pikë mëshire, dikush i merr, i djeg, eshtrat e tyre i hedh në lumë dhe në vend të tyre në varr futen eshtrat e një tjetri, që ka paguar më shumë, për të qëndruar edhe ato veç pak vite. Përgjithësisht, atë mungesë shpirtësie që tregojmë ndaj njëri-tjetrit kur jemi gjallë, e praktikojmë edhe pas vdekjes. Tjetër gjë është se hakmarrja e përtej varrit durohet më kollaj, pasi jetëgjatësia e vdekjes është shumë më e madhe sesa e jetës. Kur jemi të vdekur nuk merakosemi nëse nuk na del koha për ta bërë një punë. Kemi kohë boll. Të tjera gjëra na mungojmë kur jemi të vdekur. Kështu po mendonte ai, i ulur mbi gur, duke mbajtur nëpër duar kafkën e hijshme të të vdekurit të huaj. Si do të ishte kafka e babit të tij? Po ajo e të birit? Sigurisht që njëra do të ishte më e madhe dhe tjetra më e vogël. Ai që lind përpara ka kafkë më të madhe. Në fund të rrugicës së ngushtë mes varreve u dëgjuan hapa.

"Hej", thirri silueta e madhe dhe e zezë, që u shfaq dhjetë-pesëmbëdhjetë metra më larg, "a e di se ku është varri i familjes 'Whitehead'?".

"Jo, nuk e di!".

Ky dialog i shkurtër u tha në gjuhën e vendasve, por, kur silueta e madhe bëri mbrapsht të ikte, lëshoi një të sharë në një gjuhë ballkanike, që Agim R.-ja e njihte. U ngrit në këmbë dhe me sa fuqi pati ia vërviti mes shpatullave kafkën që kishte në duar, duke e shoqëruar këtë veprim me një të sharë në gjuhën e vet. Tjetri ia theri vrapit. Kafka u rrotullua një copë herë nëpër zallishte e zuri vend pas një varri. Agim R.-ja u nis ta merrte, ta bashkonte me kockat e tjera, por, kur u afrua, pak metra më larg vuri re një plakë të imtë, përmbys mbi një varr. Në fillim mendoi se kishte vdekur. Kur u afrua dhe i preku dorën, vërejti se pulsi i rrihte. Pas pak minutash, duke e mbajtur para duarsh, doli në rrugë, ndaloi një makinë dhe e dërgoi në spital. Dy orë më vonë, në spital u paraqitën disa të afërm dhe djali i saj. E falënderuan me përzemërsi dhe i lanë në dorë një numër telefoni. U rikthye përsëri në varrezë. Të gjitha kockat e mbledhura i paketoi në një qese plastike, pastroi vendin rreth e rrotull, ndezi duhan dhe u ul mbi gurin e ftohtë.

"As këtu nuk të lënë rehat, të shajnë me nënë e me babë, nuk shajnë në gjuhën e vendasve, shajnë në gjuhën e tyre, që ta ndjejnë deri në palcë kënaqësinë e shqiptimit të fjalëve. Iu duket sikur ashtu shkoklohen, shfryjnë mllefin, inatin, pezmin dhe urrejtjen që mbartin në shpirt. Ata shajnë edhe kot. Jam i bindur që ai nuk e ka ditur kush jam. Nuk ka rëndësi. Ata shajnë për t'u çliruar vetë, se ndjehen të pushtuar, të ngushtuar, të skllavëruar në shpirt e në deje. Me sharje e shprehin dufin ndaj vetes. Se nga vetvetja janë të mposhtur, të dhunuar!".

Muzgu po afrohej i butë, si grua e përvuajtur, gjithkund i njëllojtë. Iu kujtuan muzgjet e vendlindjes me hijet e rënda të maleve, që binin si shpata të errëta, duke ndarë përmes luginat, fushat e fshatrat. Gjysma në hije të rëndë, gjysma tjetër në diell të fortë. Pjesa që zhytej në hije, më vonë, gjatë pasdrekës, përfshihej nga dielli shumë më herët në mëngjes dhe e kundërta.

Mbledhësi i kockave erdhi në orën e caktuar. Atij iu duk e tepërt të mendonte për muzgjet e së kaluarës. Një muzg i zi, me hije të plotë e të pa shpirt, ishte shtrirë tashmë mbi gjithë atdheun e tij. Në pjesën me diell. Dhe në tjetrën njëlloj!

"Nesër, të njëjtën punë", thirri mbledhësi i kockave, që luante edhe rolin e përgjegjësit. "Varret 74/2, 53/7 fillimisht, pastaj shohim!".

VENDI I SHENJTË

Moshën e Hafizes nuk e di askush. Kur ajo vendos të vishet me rroba moderne (moderne jo sipas shijeve të rinisë së sotme, por "à la-frënga", siç e quan ajo), duket rreth të pesëdhjetave, grua e pjekur, por jo e mplakur. Me rrobat kombëtare me elemente muhamedane ngjan pak më e vjetër, edhe pse këmisha e qëndisur dhe e ngushtë ia nxjerr në pah gjoksin e rrumbullakët e të mbushur. Çorapet e bëra me grep, me lule me ngjyra të ndezura mbi zogun e këmbës, ia paraqesin pulpat të forta e të harkuara hijshëm. Ka një vetull të hollë si fiskaja e dhëmbët e bardhë si gurëzit e lumit, fill mas shiut kur i shndrit dielli. Shumë gojëkëqij në qytet, vizitat e saj të shpeshta në varreza i lidhin me një dashuri të hershme e fatkeqe, me një sokol mali e sokol djali, që kishte vdekur prej plagëve. (Sigurisht që trimat kanë nëntë plagë në shtat, nëntë vjet dergjen në shtretër të vetmuar, me një motër që ua lan plagët me ujin e freskët të nëntë gurrave). Këtu qëndron edhe dyshimi; askush nuk e di nëse ai trim ka qenë vëllai apo i dashuri i Hafizes. Cila dhimbje ia humb mendtë më kollaj një vajze të re? Vdekja e vëllait, apo e të dashurit ilegal? Hafizes nuk i dihet as mbiemri. Mbi dyzet vjet që i thërrasin 'Hafizja e çmendur'.

Mbrëmjeve, shpesh largohet nga rrugëzat e qytetit dhe shumëkush e ka parë të marrë nga jug-perëndimi drejt pyllit të pafund të gështenjave, në zemër të të cilit ngrihen të vetmuara e dëshpërimisht të hirta muret gjysmë të rrënuara të kështjellës ilire dhe trualli i kishës së tyre. Ajo rrugë rrihet veç nga udhëtarë të rastit. Netëve askush nuk ka qejf të shkojë nëpër të. Të nesërmen, që në mëngjes, Hafizja kthehet në qytet dhe i rivihet kërkimit të saj të palodhur për ta gjetur një kishë. Fëmijët, tufa-tufa, ndalen dhe e pyesin nëse e ka gjetur apo jo dhe ajo, me një butësi të panatyrshme për sëmundjen e saj, tund kokën dhe u premton se do ta gjejë një ditë. Ata ikin duke qeshur e ajo ndalet, i ndjek me sy (ka njerëz në qytet që betohen se, në ato çaste, sytë e saj mbushen me lot). Çfarë, i dhimbsen? Ka pasur ndonjëherë fëmijë? Apo a ka ëndërruar të ketë? Shpesh, plakat e qytetit dalin dhe i falin ndonjë mollë, karamele, biskotë apo thjesht një dorë sheqer. Ajo i fut në çantën e qëndisur dhe ia jep të parit fëmijë që takon. Një herë, kur ajo i fali një vajze dhjetë-dymbëdhjetë vjeçe një mollë, e ëma e kishte urdhëruar ta hidhte në kanal. Hafizja e kishte parë vajzën se si kishte kundërshtuar, pastaj të ëmën që i qe hakërryer, ia kishte marrë mollën me forcë dhe e kishte hedhur në ujin e kthjellët të kanalit. Ajo kishte zbathur opingat, çorapet, kishte hyrë në kanal dhe e kishte marrë përsëri. Pa u vënë re, i ndoqi gruan dhe vajzën, që qe zemëruar me të ëmën. U ishte afruar dhe ia kishte dhënë përsëri mollën vajzës së vogël:

- Merre, nuk është e helmuar. Unë nuk jam gjarpër! Atë mollë ma ka falur gjyshja jote, nëna e nënës tënde. Pyete po të duash kur të kthehesh në shtëpi.

E ëma e vogëlushes, Katerina K., qe shtangur. Në mbrëmje vonë i kishte thënë të shoqit, Zef K.-së se Hafizja vetëm e çmendur nuk ishte dhe ia kishte rrëfyer gjithë ngjarjen. Ky, qysh prej asaj nate, vendosi "t'i ndiqte më nga afër" veprimet e Hafizes. Në fillim, Zef K.-ja kishte kujtuar se Hafizja mund t'i bënte ndonjë të keqe së bijës, ndonjë magji. Një e çmendur që endet varreve e që sillet aq ëmbëlsisht me fëmijët, fsheh diçka të rrezikshme. Atij i qe kujtuar fati i vajzës së Farmacistit Miop, e cila qe mbërthyer me Shkrimtarin më të famshëm të qytetit. Për të thuhej se kish mbetur shtatzënë e kishte lindur në mes të pyllit një bimë. Më vonë, ajo qe bërë e famshme kur kishte vendosur të përpinte gjithë mjegullën që kishte errësuar qytetin për vite me radhë. Qe folur se do t'i ngrihej një monument. Atij i kujtoheshin edhe kundërthëniet që e mbështollën atë nismë, pastaj se si gjithçka ishte harruar, gjuajtur pas krahësh, si një kujtim i pakëndshëm. Megjithatë, tashmë i kujtohej me detaje se si kishte ndodhur gjithçka, si kishte fryrë ajo era e marrë, si rrugët e qytetit kishin ndërruar vendet, si kishin fluturuar për ditë të tëra hedhurinat nëpër qiellin e ulët, si ata që u gjetën nëpër rrugë u bënë të famshëm dhe ata që u zunë nëpër shtëpia nuk mundën të dilnin më prej tyre. Në gjithë atë histori, Hafizja ka luajtur një rol të çuditshëm, misterioz. Atëherë ajo u mbante fjalime bunkerëve! Nejse, Zef K.-së i interesonte fati i vajzës së saj, Teutës. Ajo po hynte në vitet e para të adoleshencës, qe e bukur. Më e bukur se rrezja e diellit! E hollë, si qafë zogu, e bardhë me pak hije bojë rozë në faqe, sytë ngjyrë gështenje të tejpashme, flokët e zeza e të shkëlqyeshme, si mëndafshi të buta. Pse i ishte qepur nga prapa Hafizja e çmendur? A mos donte ta bënte si veten? Ta çmendte, apo ta ftonte nëpër humbëtirat e mistershme të çmendurisë së vet? Jo, Zef K.-ja kishte përgjegjësi ndaj vajzës së vet. Duhej të bënte të pamundurën për të zbuluar se çfarë fshihej pas asaj gruaje, pas dëshirës së saj për t'u afruar me fëmijët. Fillimisht kishte menduar ta denonconte në polici. E vetmja gjë që e kishte penguar qe paaftësia për të formuluar një akuzë, të paktën një ankesë. Çka do të mund të thoshte ai, që Hafizja ia kishte dhënë së bijës së tij një mollë? Nëse do të kishte siguri që molla ishte e helmuar mund ta akuzonte për tentativë vrasje, vrasje me paramendim. Ta akuzonte se ajo i ishte qepur mbrapa gruas dhe vajzës së tij, dikush mund të tallej me të e t'i thoshte që nuk ka asnjë shenjë që tregon se Hafizja është lesbike. Në dosjen e saj shënohej se ishte "seksualisht e fjetur". Kjo qe marrë vesh me kohë. Zef K-së i kujtohej që kur kishte qenë fëmijë, një prift i kishte thënë se në shkrimet e vjetra, gjarpri që e kishte këshilluar Evën ta hante mollën e ndaluar, nuk mund të mbahej për fajtor. Fajtore kishte qenë Eva, e bija e Zotit, që i kishte besuar më shumë një gjarpri sesa krijuesit të vet. Kështu mund t'i thoshin edhe Zefit nëse ai nuk gjente një formë më të përshtatshme, një akuzë më të besueshme ndaj Hafizes. Ai e dinte se Hafizja kishte gisht edhe në një çështje tjetër penale; ishte e vetmja dëshmitare që kishte ofruar një provë rreth zhdukjes misterioze të Farmacistit Miop. Ajo kishte gjetur syzet e tij në pyllin e madh të gështenjave, që fillon sapo mbaron qyteti. "Me një rrugë, dy punë", mendoi Zef K-ja, "sqaroj fatin e vajzës sime e ndoshta i vij në ndihmë edhe drejtësisë. Shoku S.S. nuk duhet lënë vetëm në punën e tij fisnike në mbrojtje të qetësisë dhe fitoreve tona.".

I HUAJI DHE PLEQTË

Pleqtë e mbledhur te kafe "Gëlbaza", ia morën shpirtin Ademit. Ai mbrohej i shkreti:
"Po nuk mundem more ta pyes për gjëra që nuk pyetet miku! A jeni njerëz, a jo?".
"Lëri burrë ato e na kallzo! Çka tregon për Kosovën ai djalë? Kur ka ikë prej saj, qysh ka ikë e pse, si janë njerëzit atje, si u duket jeta, a ka ma kosovarë që flasin shqip? Thonë se të gjithë flasin jugosllavisht. A janë të vërteta ato që thuhen se kosovarët e donë këtë tonin, ky kosovari i yt a e do, apo jo? Qysh e kanë punën me Republikën? A ekziston me të vërtetë Partia Komuniste, Marksist-Leniniste e Kosovës? A janë të përgatitura kushtet për fillimin e revolucionit? Qysh sillet klasa punëtore, po inteligjenca? A të ka kallzue se qysh jetojnë, me çka e hanë bukën, a i veshin prapë teshat kombëtare, apo edhe pleqtë kanë fillue me u veshë me xhinksa si rrugaçat e Amerikës?! A janë degjenerue krejt si popull? Revizionistë hesapi! A e di kosovari yt se çka do me thanë irredentizëm? A për nji mend kosovarët janë irredentista a? A këndojnë ma me çifteli? A e dëgjojnë Lepa Brenën, atë shkinën bukuroshe, që këndon te Pozdravi? A

është e vërtetë që të gjitha shpiat në Kosovë kanë televizor me ngjyra dhe frigorifera? Se për vetura po merret me mend. Unë kam ndigjue që një kosovar ka ble edhe kompjuter! E çka është kompjuteri? Një makinë e mençur që i mëson Amerikanët se qysh me i mundë sovjetikët në rast lufte! E çka i duhet ajo kosovarit?! Qe, çka i duhet, i duhet me e mësue se qysh me i mundë jugosllavët nëse nis lufta. Ke të drejtë. Po a e din policia se ai e ka atë farë sendi? Atje nuk është si këtu, policia atje nuk ashtë popullore si e jona, ashtë polici e hasmit. Njerëzit nuk i kallzojnë kurrgja policisë.".

Nejse, duhet thënë se edhe pleqtë kishin filluar ta lëshonin nga pak gojën, s'kishin nga ia mbanin, këso bisedash dëgjonin çdo ditë prej fëmijëve, nipave e mbesave të tyre. Ata kishin filluar me kohë ta bënin njëri sy qorr e njërin vesh shurdh, kur i shihnin të rinjtë duke u ngjitur çative e soletave me gjithfarë telash, me shpresë se do të mund të mbërrinin sinjalet e televizioneve të huaja, kryesisht të Kosovës. Sinjali vinte i dobët, gjithë miza, megjithëse nganjëherë vinte i pastër, i kthjellët si loti. Shpesh dëgjonin serbisht, gjuhë që nuk kuptohej në qytetin tonë. Por edhe kur dëgjonin shqip, shumë gjëra nuk i kuptonin, të tjera terma përdoreshin atje për të shpjeguar të njëjtin send, le që edhe sendet atje ishin krejt ndryshe, për rrjedhim edhe emrat e tyre qenë të tjerë. Të panjohura në anën tonë të kufirit. Ademi, sigurisht që nuk kishte përgjigje për pyetjet e tyre. Madje nganjëherë habitej me guximin dhe natyrën e atyre pyetjeve. Ku kishin qenë deri dje këta sokola, që nuk kishin guxuar, le më vetë, por as tjerët nuk i kishin lënë të bënin aso pyetjesh? Qenë pyetje me zarar, me helm. Zëre sikur Ademi të kishte marrë vesh gjithçka prej kosovarit, kush e garantonte se pjesa dërmuesve e atyre pleqve, që i bënin aso pyetjesh, nuk i kishin mësuar përmendësh në mbrëmje, në ndonjë takim special me shokun S.S.? Ademi nuk ishte nga ata burra që e hanë sapunin për djathë. Tjetër gjë se po i pëlqente që ishte vënë në qendër të bisedave, që kishte sa ditë që nuk e fuste dorën në xhep për të paguar qoftë edhe një kafe të vetme, që gjithkush që e shihte e përshëndeste dhe e ftonte për një gotë raki. Oh sa do të kishte dashur ai të pinte e të bëhej siç qe bërë me mijëra herë para atyre ditëve. Veçse tani kishte frikë se mos e hapte gojën. Pak para se t'i vinte kosovari në shtëpi, një javë rresht kishte ndenjur në zyrat e Degës së Punëve të Brendshme, ku ia mësuan përmendësh të gjitha pyetjet dhe përgjigjet e mundshme për kosovarin. Ky i fundit e kishte pyetur Ademin për punën e tij, sa paguhej, kur do të dilte në pension e këso gjërash të rëndomta. Natyrisht që Ademi i qe përgjigjur se bënte punën e thjeshtë të llogaritarit, por që paguhej mirë dhe, kur të dilte në pension pas disa viteve, do të kishte mundësi të pushonte në ndonjë vend për çdo verë apo dimër sipas preferencës, se gjatë kohës që i kishte pasur fëmijët në shkollë i ishte dashur të punonte pak më shumë për të përballuar qejfet e tyre, pasi bursën, merret me mend si për çdo student tjetër shqiptar, e paguante qeveria. Ai do të duhej t'i shpjegonte kosovarit sipas mënyrës së tij, shtruar e shtruar, se sot nuk u duhet vënë shumë veshi atyre që thonë të rinjtë, pasi ka filluar t'u plasë pak cipa nga e mira. Pleqve, Ademi u dha përgjigje të shkurtra, si: nuk e di, nuk kemi folur për atë temë, më tha se e duan shumë këtë tonin, se për të dergjen burgjeve të Jugosllavisë qindra shqiptarë, kanë shumë gjëra në shtëpi, por ose i kanë vënë me kurbet, ose ua ka blerë Titoja për t'i gënjyer e mbajtur pas vetes.

Kosova, në bisedat e tyre, dukej më e huaj se Madagaskari. Kosova që ishte veç një fluturim zogu larg tyre, emrat e mbiemrat e njerëzve të së cilës, në shumicën e rasteve, ishin krejtësisht të njëjtë me të tyret. Kosova, ku kishin shkuar me mijëra herë prindërit e tyre, herë për luftë e herë për bukë, ku kishin qenë edhe disa prej tyre vetë, gjatë luftës së fundit. Kishin kaluar atje muaj të tërë duke ngrënë bukën e saj, duke luftuar kundër gjermanëve, të cilët, edhe pse nuk guxonin të flisnin hapur, as që i kishin parë me sy. Ata kishin parë, siç tregonin në rrethe të ngushta dy-tri ushtri, ushtrinë e tyre, ushtrinë partizane të Kosovës, ushtrinë e nacionalistëve të Kosovës, ushtrinë e Titos dhe një ushtri tjetër, që thuhej se ishte ushtri çetnikësh. Ata s'kishin luftuar me asnjërën prej tyre. Ata thjesht kishin hyrë nëpër qytete e fshatra dhe kishin kërkuar që banorët të dorëzonin armët, pasi tashmë pushtuesi kishte ikur. Kosovarët pyesnin se për cilin pushtues bëhej fjalë. Herë i dorëzonin ato armë e herë thoshin se ua kishte marrë një ushtri tjetër më parë. Kishin parë burgje e varre të mbushura veç me trupa shqiptarësh, kishin parë shtëpi e ferma në flakë. Ishin përshëndetur me ushtrinë jugosllave, flamurin e së cilës e mbanin krahas me të vetin; ua dorëzonin qytetet dhe fshatrat e shkrumbuara dhe largoheshin partizanët shqiptarë drejt veriut, drejt një fronti imagjinar, në kërkim të një armiku, që me kohë kish arritur në Austri. Pastaj i kthyen nga ana lindore, i zbritën nëpër luginën e Preshevës, nëpër Vardar. Diku, në kufijtë jugorë të Maqedonisë i çmobilizuan dhe u thanë të ktheheshin në këmbë në shtëpitë e tyre. Qindra mbetën nga të ftohtit, nga plagët, nga morrat, nga uria. Disa u martuan, morën gra boshnjake, serbe. Dikush qe martuar edhe me greke, nga kampet e refugjatëve në Maqedoni. Internacionalistë e naivë të mëdhenj u kthyen pas një viti apo dy, me ëndrrën se e kishin çliruar më në fund Kosovën. Sytë e tyre nuk do të kalbeshin në dhe pa parë se çfarë do t'i ndodhte asaj pas ikjes së tyre, pas prishjes me Titon. Pastaj erdhi kufiri dhe Kosova u zhvendos në hartën e planetit, shkoi shumë larg, më larg se ai ishulli, emrin e të cilit qytetarët e mi nuk e përmendnin shpesh, pasi mbaronte me ato tri-katër shkronja, që ata s'kishin qejf t'i shqiptonin në publik.

Këto gjëra nuk i shqiptonte askush te kafe

"Gëlbaza". Qe fundi i viteve '80-të. Atyre pleqve u kishte mbetur pak për të parë, shumica prej tyre nuk do ta arrinin luftën e fundit të Kosovës, as çlirimin e saj. Shumë prej tyre vdiqën me grushtin lart për Partinë dhe me zemër të thyer që Kosova mbeti nën Serbi.

DORUNTINA, I HUAJI DHE UNË, SIGURISHT

Doruntina qe një hijeshi e molisur. E verdhë, shtatlartë, ajo të jepte pamjen e një vajze të stërlodhur nga një pagjumësi e gjatë. Supet e imta i rrinin pak të kërrusura, ndërsa flokët e gjata deri në mes dukej sikur e rëndonin. Sytë i kishte të thellë, të zinj e të magjishëm. Vetullat e trasha, të zeza, i bënin hije mbi mollëzat e kërcyera e të zbehta. Dukej rreth të njëzetave edhe pse akoma nuk i kishte mbushur shtatëmbëdhjetë. Babai i saj, një shitës vajguri dhe grumbullues shishesh të përdorura, pinte raki, siç thoshin disa, më shumë sesa shiste vajguri. Ndërkohë, radha e vajgurit çdo të martë e të premte bëhej e gjatë. Shumë njerëz gatuanin në qytet me furnela vajguri. E ëma, një grua dikur e bukur, ngjante me një kadavër shëtitëse dhe kishte ruajtur nga hijeshia e saj veç sytë dhe flokët, që ia kishte lënë trashëgim së bijës. Banonin në një barakë dërrasash dhe ishin tepër të varfër. Motra e vëllezër Doruntina kishte plot, disa prej tyre me deformime fizike, madje njëri prej tyre, vëllai i dytë, veç një vit më i vogël se ajo, thuhej se ishte i mangët edhe nga mendtë. Punonte në fermë. Trupmadh e me pamje debili, ai ishte njëri ndër mbajtësit kryesor të familjes. Punonte shumë. Ngrihej me natë dhe kthehej me terr. E ëma punonte pastruese në një magazinë ushqimore dhe thuhej se nuk kishte natë që nuk e vidhte një patate, një qepë, një pako margarinë apo pak sheqer. Magazinieri e kishte hetuar, por kishte mbyllur njërin sy në shkëmbim të trupit të saj të vdekur! I shoqi thoshin se e dinte një gjë të tillë, por, sa për të mbyllur gojët e këqija, kishte deklaruar se e kishte mik shtëpie dhe njeri të afërt. Magazinieri e vizitonte shpesh barakën e tyre. Doruntina më kishte rënë së sy prej kohësh, por, ashtu e brishtë dhe e përvuajtur siç ishte, më vinte zor ta ndalja, më dukej sikur do të rrëzohej kur të dëgjonte propozimin tim. Çdo mbrëmje betohesha se të nesërmen do t'ia thosha gjithë ato që ndjeja, madje rreshtoja fjalët njëra pas tjetrës, vihesha para pasqyrës për minuta të tëra duke bërë prova, të nesërmen në mëngjes e prisja tek vinte në hyrje të oborrit të shkollës, por diçka m'i qulloste gjunjët, ma ngjiste gjuhën për qiellze të gojës e dridhërimat në zemër më jepnin të ftohtë. Ajo kalonte, jo pa më vënë re, madje edhe më përshëndeste, gjë që uroja me gjithë shpirt të mos e bënte, nga frika se do të mund të shquante se në çfarë gjendje katandisesha.

Dita e madhe erdhi! - thashë me vete kur regjisori na zgjodhi mes gjithë atyre të tjerëve mua dhe atë për të luajtur në dramën e shkollës. Aty takoheshim çdo ditë. Regjisori e kishte vërejtur përvëlimin tim dhe në një nga ato shëtitjet e përbashkëta me piktorin bojëhiri më tha: "Nëse ke gjë për t'i thënë jashtë tekstit, thuaja njëlloj si të ishe duke bërë teatër. Duhet të luash edhe aty, edhe ajo është një lojë; nëse nuk je aktor i mirë në jetë, e ke të vështirë të jesh edhe në skenë!". Nuk e mbaj mend se çfarë kam belbëzuar, veç di që regjisori e mbylli duke më ngushëlluar. Për çfarë? Një Zot e di.

Sipas të gjitha informatave që kisha mbledhur rreth saj, deri ato çaste askush nuk ndante të njëjtat emocione ndaj saj. Askush nuk e kishte parë me syrin që e shihja unë. Kjo më jepte qetësi, më ngushëllonte. Do të vijë çasti i shumëpritur, thosha me vete. Çdo mbrëmje lëmoja gjuhën duke lexuar poezitë e Mickieviçit, përkthyer nga Poradeci, Gëten, Hajnen, Lermontovin, Preverin, Elyarin, "Fijet e barit" të Uitmanit etj. Të gjitha sakrificat e mia gati sa nuk shkonin kot; sa herë u afrohesha vajzave dhe u recitoja ndonjë poezi të këtyre autorëve, ato më dëgjonin fillimisht, pastaj kukurisnin si pula, qeshnin me kokë të rrasur mes supeve dhe largoheshin. Kjo nuk më brengoste, pasi i njihja se çfarë fyryfyçkash ishin, ndërsa kur vinte puna të flisja me Doruntinën, goja më lidhej. Asnjë varg nuk më kujtohej. Ajo sillej lirshëm me mua. Më kërkonte libra, nganjëherë më bënte edhe komplimente për avancimin tim jo veç në rol, gjatë provave, por edhe për mësimet. Një ditë më tha se i dukesha shumë i hijshëm, "si komisar Katani", një personazh mjaft popullor, sipas një seriali italian të modës, lejuar të transmetohej edhe nga Tirana, me shkurtime. Edhe pse në fillim më kishte pëlqyer një krahasim i tillë, më vonë vura re se diçka nuk shkonte. Unë nuk kisha dashur kurrë t'i shfaqesha asaj si një njeri heroik, si një njeri i vendosur dhe guximtar, shpëtimtar i të tjerëve. Jo, unë më tepër isha përpjekur të luaja rolin e një martiri, i cili digjet pa e parë njeri, por digjet për një çështje të shenjtë. Nuk isha njeriu që mund të zgjidhë gjë me anë të forcës, dhunës, qoftë ajo dhunë edhe e drejtë, e justifikuar. Jo, shpirti im ishte rehatuar me një formë tjetër rezistence, me atë të vetëflijimit të heshtur. Ajo, siç duket, me atë krahasim ka dashur të më tregojë jo se isha i hijshëm. Ka dashur t'i bëjë thirrje ndërgjegjes time për t'u zgjuar, për t'u përpjekur me forma të tjera, më të zhurmshme, pse jo më revolucionare...! Ajo ndjente mungesën e një burri të fortë, e një mbrojtësi dinjitoz. Ndoshta ngaqë ndjehej e abuzuar nga ligështia e të atit, nga pasaktësia fizike e të vëllezërve. Ajo do të donte të hakmerrej ndaj magazinierit, do të donte të dilte nga ajo gjendje pezullie, molisje, bataku erëkeq, ku ishte katandisur familja e saj. I ati kundërmonte erë vajguri, magazinieri erë rakie, e ëma erë qepësh e patatesh të kalbura, baraka e tyre erë kalbësire. Veç ajo përpiqej të qe ndryshe, të paktën më e pastër, veç edhe zogjtë në fluturim ndoten, le më ne që jetojmë në tokë. Ky është një varg poezie që nuk e mbaj mend se ku e kam lexuar. Po, ajo ishte një zog që ndjente nevojë të fluturonte diku larg, të shtegtonte në një drejtim, të mos kthehej më, të rrinte gjithmonë në vendet e ngrohta apo edhe të ftohta qofshin. Për gjyshin e saj tregonin një histori madhështore, që edhe mund të mos ishte e vërtetë, por qe e thurur bukur. Ai ishte një plak tepër i moshuar. Fuqitë gati e kishin lënë. Megjithatë, një ditë kishte vendosur të largohej nga shtëpia. Kur e kishin pyetur se ku do të shkonte, kish thënë: "Nuk e di, mjafton të nisem njëherë.". Dhe qe nisur. Kishte marrë bukë e verë me vete. Qe veshur trashë në mes të dimrit dhe qe nisur drejt majave të mbuluara me dëborë. I fundit njeri me të cilin qe takuar tregonte se plaku kishte marrë rrugën e Ndërmajeve, një bjeshkë e ngrirë, ku bora nuk shkrinte as gjatë verës. Kishte pirë një cigare duhani të mbështjellë trashë me burrin e botës dhe qe nisur. Ky e kishte pyetur se kur do të kthehej. "Kurrë!", kishte thënë plaku, "Jam nisur për të vdekur, jo për t'u kthyer! Edhe pak ditë më kanë mbetur nga kjo jetë, do të ec sa të mundem dhe do të vdes ku të mundem!". "Ftohtë është, bora ka mbuluar dheun, bishat janë egërsuar nga mungesa e ushqimit, kthehu!", i kishte thënë këmbësori i rastit. "Bishat po i lë prapa!", i ishte përgjigjur plaku dhe qe nisur drejt bjeshkës. Nuk qe kthyer më. Asnjë shenjë nuk është gjetur prej tij qysh nga ajo kohë. Kur ia përmendja Doruntinës këtë histori të kthyer në legjendë, ajo psherëtinte: "Kanë kaluar ato kohë. Fillojmë provat, regjisori po na thërret", e mbyllte bisedën. Mbaj mend që njëherë e kam pyetur: "A ke ndonjë fotografi të gjyshit tënd?".

"Mos u bëj fëmijë", më tha "Si mund të fotografohen

legjendat?". Ja kështu m'u përgjigj. Edhe pse rruga për në bjeshkët e Ndërmajave nuk është në drejtim të kufirit, zhdukja e tij kishte ngjallur dyshime. Sa kishte ecur? Ku kishte vdekur? Pse kishte zgjedhur atë lloj vdekje të pazakontë? Në fund të fundit, a kishte vdekur apo jo? Cilado bishë e egër që do të mund ta kishte ngrënë, një shenjë do të kishte mbetur, eshtrat e tij do të ishin gjetur diku. Jo, asnjë gjurmë. Djali i tij, babai i Doruntinës, atëherë i ri, ishte pyetur disa herë në polici rreth të atit. Ata i kishin thënë se prapë do ta pyesnin e ata prapë e kishin pyetur, se paguheshin për të pyetur. I kishin premtuar se deri sa të gjendeshin shenjat e të vdekurit, ai do të vinte në polici sa herë ta thërrisnin.

"Dosja e tij do të rrijë e hapur për jetë të jetëve, deri sa të gjendet një gjurmë e tij", i kishin thënë. Gjithmonë i bënin të njëjtat pyetje, veç duke ndryshuar renditjen e tyre. Ai gjithmonë jepte të njëjtat përgjigje, duke u kërkuar që ta linin të qetë, pasi nuk kishte ndërmend të jetonte gjithë jetën me hijen e babait të vdekur në kurriz. Pyetësit nuk çanin kokën se çfarë kishte ndërmend shitësi i vajgurit. Ata bënin detyrën e hetuesit. Hijen e babës, qoftë lirë, ata kishin ndërmend t'ia ngarkonin edhe hijen e gjyshit, stërgjyshit, brez pas brezi. Dukej sikur edhe mbi supet e Doruntinës rëndonte pesha e atyre hijeve, tjetër gjë se ajo ishte krenare, ndryshe nga i ati, për atë pjesë të hijes që i takonte nga gjyshi i vet. Veç qe e dobët, gjunjët e saj të brishtë nuk e mbanin dot atë peshë.

FILMI HEROIK

"Stop! Stop! Stop!", klithi regjisori the gjithçka ngriu në vend. Ndihmësi i tij u afrua për të pyetur se çfarë kishte ndodhur. Operatorët nuk lëvizën nga vendi, me shpresën se xhirimi i provës do të rifillonte shpejt. Regjisori kishte shtuar me vete "Kurrë më!" dhe qe larguar nga fusha e xhirimit. Dhjetëra aktorë, qindra figurantë, ushtria e teknikëve, marangozëve, transportuesve, makiazherëve dhe kureshtarët e panumërt, që e rrethonin fushën e xhirimit që herët mëngjeseve, kuptuan që diçka nuk shkonte, madje një diçka që nuk do t'i bashkonte më asnjëherë në atë fushë aq shumë njerëz. Në mbrëmje, nëpër lokalet e zhurmshme të qytetit të vogël, arkëtarët e filmit shpërndanë paratë për figurantët, shumica prej të cilëve nuk pranuan t'i marrin në shenjë proteste.

- E kam të vështirë ta kuptoj! - po thoshte asistent-regjisori. - Gjëra të tilla kanë ndodhur realisht, pastaj ju vetë e keni lexuar dhe pranuar skenarin. Kjo skenë është esenciale. Filmi s'mund të rrijë në këmbë pa të. Pastaj me çfarë mund të zëvendësohet? Ata fëmijë që kërkojnë mes plagëve të përgjakura gjinjtë e nënave të vdekura - kjo është pika kulmore e filmit, pa të filmi do t'i ngjante një dokumentari të zbehtë... Pastaj vetë skenaristi, ju e dini se sa njeri delikat që është, si do t'i thuhet atij? Regjisori heshtte. Rreth e rrotull tij, nëpër tapetin e trashë, dhjetëra faqe skenari të shpërndara, të shënjuara me gjithfarë bojërash e shënimesh. Herë pas here pinte një gllënjkë vere nga një shishe "Kabernet". Ai e kuptonte entuziazmin e kolegut të vet më të ri, madje edhe dëshpërimin e tij dhe, nëse ai nuk i ndërpriste ato lloj justifikimesh për filmin, ai do të detyrohej t'ia thoshte në sy ato që mendonte për të.

- Skenaristi është një artist i madh dhe do të kuptohemi... problemi është me ju. Regjisori i tha këto fjalë me shpresë se kolegu i tij më i ri do ta kuptonte se ku qëndronte mosmarrëveshja e tyre themelore, ai nuk qe një moskuptim i thjeshtë përmasash, ai e kishte bazën diku tjetër, tek ngutja e tij që filmi të mbaronte sa më shpejt, që sa më shpejt ai të bëhej i njohur, gjë të cilën regjisori ia falte kolegut të tij më të ri. Ai e kishte të vështirë të besonte se vizioni i asistentit të tij nuk shkonte më larg sesa në sekuencën e shfaqjes së titrave në perde, ku emri i tij simetrik me mbiemrin katërshkronjësh, siç qe planifikuar, do të mbetej i projektuar për katër sekonda, të mjaftueshme për ta lexuar gjithkush. Katër sekonda që do ta bënin të pavdekshëm, të përjetshëm. Por ja që ajo skenë nuk do të mund të realizohej.

- Ju po këmbëngulni pa asnjë lloj argumentimi; kështu e kam tmerrësisht të vështirë për t'ju kuptuar. Nga ana tjetër jam i bindur që ju nuk kërkoni që xhirimi i këtij filmi, përfundimisht të sabotohet. Ju e dini sa para ka dhënë qeveria e re dhe diaspora jonë. Djersa e tyre duhet të shpërblehet me përfundimin e këtij filmi epope-jehonë dhe pasqyrim i luftës së popullit tonë për liri. Prandaj, mjeshtër, ata të kanë zgjedhur ty si regjisor të këtij filmi, sepse kanë pasur besim në ty!

Regjisori ngriti edhe një gllënjkë tjetër vere dhe iu drejtua kolegut:

- Mirë mua që më paskan zgjedhur, po ty çfarë... ty të kanë emëruar?

- Nuk mendoj se është koha për të bërë ironi me njëri-tjetrin, nëse keni vërejtje për mua ose mund të m'i thoni mua, ose t'i paraqisni ku të doni, por, përsa i përket xhirimit të asaj skene, unë mendoj se është e pashmangshme nëse duam që të sintetizojmë egërsinë e armikut dhe heroizmin e rezistencës sonë...!

- Atëherë i bie që unë të jem i shmangshëm! - i ra drejtpërdrejt regjisori, duke dashur që ta mbyllte njëherë e mirë atë bisedë. – "Pakënaqësia ndaj të zgjedhurve zëvendësohet me bindjen ndaj të emëruarve", këto janë termat që përdoren në politikë apo jo, me anë të një operacioni ideologjiko-transplantues; parime dhe një gjuhë e tillë mund të përdoret edhe në art, fundja pse jo. Ju jeni vetë artist, ndryshimi ynë qëndron në faktin se unë jam i zgjedhur, ndërsa ju jeni i emëruar si asistenti im... dhe më kërkoni argumente se pse nuk e xhiroj atë skenë. Unë jam i bindur që ju nuk i doni për vete ato argumente, i doni për t'ua treguar atyre që ju kanë emëruar. Unë hesht thjesht se jam i bindur që ata, shumë më pak se ti, do t'i kuptojnë ato argumente. Edhe nëse i kuptojnë, atyre nuk u duhen argumente të tilla. Ti e di që njeriu i zgjedh argumentet në bazë të nevojave të tij, për të mbështetur të drejtën e tij, gjithë të tjerët janë fals, jo të vërtetë. Nëse arti është në shërbim sublim të humanizmit dhe të bukurës, ajo skenë nuk duhet të xhirohet kurrë. Por, nëse arti është në shërbim të të emëruarve, ka shkuar vonë, edhe natën duhet të punohet që xhirimi i asaj skene të realizohet sa më shpejt. Dëgjo edhe një fjalë të fundit: mos të të vij zor, në fillim të gjithë kështu e kemi nisur, dikush na ka sugjeruar, na ka rekomanduar apo siç po i themi tani na ka emëruar. Që të arrish të të zgjedhin, duhet durim, punë, gjakftohtësi dhe modesti, pra durim, punë, gjakftohtësi dhe thjeshtësi. Nëse ty personalisht të duhen argumente të tjera, sonte bashkë me shoqen tënde je i ftuari im për darkë!

Asistenti u ngrit duke lëshuar një ofshamë. Regjisori, qysh para fillimit të xhirimeve, e kishte shëtitur pëllëmbë për pëllëmbë terrenin, kishte takuar qindra njerëz, i kishte vizituar të gjitha vendet më të rëndësishme historike, aty ku kishin ndodhur betejat më të rrepta dhe masakrat më të përgjakshme. Gjatë viteve të para të luftës, kishte jetuar vetë i fshehur në një fshat, pastaj kishte kaluar kufirin, i ndihmuar nga ushtarët e ushtrisë së popullit të vet dhe, më së fundi, për disa vite, kishte jetuar jashtë. Tashmë luftimet kishin marrë fund, paqja ishte nënshkruar, qe formuar edhe qeveria e përkohshme qendrore-lokale. Ushtria e pushtuesit qe tërhequr, vendin e saj e kishin zënë trupa të huaja, që do të rrinin, siç thuhej, përkohësisht. Vendi ishte i lirë. Regjisori qe kthyer në shtëpinë e tij të mëparshme. E kishte gjetur të shkrumbuar; pasi kishte riparuar disa dhoma, ish-studion e tij bashkë me bibliotekën e djegur nuk i kishte lëvizur fare, qindra libra të djegur në dysheme dhe nëpër raftet gjysmë të rrënuar. Mu në mes të tyre kishte rindërtuar një tavolinë pune dhe aty e kalonte një pjesë të madhe të ditës. Mes shkrumbit të zi. Qysh kur e kishte lexuar për herë të parë skenarin, kishte pasur rezerva për atë skenë. Duke qenë skena më masive dhe qendrore e gjithë filmit (ai qe dakord me asistentin e tij se ajo ishte pika kulmore), ajo përmbante të sintetizuar dhjetëra elemente, pesha dhe ndërvartësia e të cilëve ishte paraparë me shumë kujdes nga ana e skenaristit. Problemi qe subjektiv. Regjisori mbronte pikëpamjen se nuk ishin përmasat e krimit sesa krimi në vetvete, ai që e bën njeriun t'i rezistojë pushtuesit, të luftojë dhe të vdesë për ta kundërshtuar pikërisht atë thelb kriminal. Për sa u përket përmasave të tmerrit, ai e dinte që nuk kishin kufij të caktuar. Ajo që nga populli i tij konsiderohej masakër, nga kundërshtarët vlerësohej si fitore në fushën ushtarake, gjë që u jepte shkas për festime të zhurmshme. Thjesht vrasja e një fëmije ishte e mjaftueshme - sipas tij - që e përpunuar artistikisht të jepte gjithë përmasën e vërtetë të krimit. Mirëpo skenaristi, edhe pse autor i nderuar e prodhimtar (çdo vit e realizonte planin duke shkruar nga dy-tre libra), kur vinte puna në përdorimin e detajeve e ekzagjeronte kaq shumë, sa jo vetëm që nuk ruhej kufiri delikat mes së vërtetës historike dhe asaj artistike që dëshironte të përcillte, por qe e vështirë të perceptoje nëse shkruhej për ngjarje reale apo jo. Një skenar i legjendave edhe ciklit të kreshnikëve do të mund të kishte lejuar hiperbolizime të tilla, por kurrsesi skenari i një filmi për ngjarje që kishin ndodhur para katër-pesë muajsh apo një viti. Fëmijët që i duhej të filmonte duke pirë në gjinjtë e nënave të vdekura, në skenën masive të masakrës, nuk i kishin mbushur dy vjet. Akoma ushqeheshin me biberonë nëpër jetimore apo shtëpitë e të afërmeve të tyre. Nëse brenda një periudhe kaq të shkurtër lejohej një transfigurim kaq i madh, pas dhjetë-pesëmbëdhjetë vjetësh, ai frikësohej se numri i ushtarëve që kishin luftuar kundër armikut do ta kalonte numrin e ushtarëve të armatës kineze, ndërsa numri i viktimave atë të Luftës së Parë Botërore. As paraqitja e vetes si i superviktimizuar, as si mbinjeri, le që nuk përbën art, por mirëfilli përbën shkak për një deformim psikik të panevojshëm.

Nëse regjisori kishte mirëkuptim të plotë për

entuziazmin e asistentit të tij (kishte parasysh edhe moshën e tij të re), ai kishte po kaq vërejtje për cektësinë e këtij entuziazmi. Ai i dinte ai pasojat e një mënyre të tillë sjelljeje? A e kuptonte ai se kjo sipërfaqe e lëmuar fshihte boshllëqe humnerore, që nuk do të mund të fshiheshin gjatë në një shoqëri të traumatizuar dhe të deformuar po aq nga lufta, sa edhe nga paqja? A e dinte ai që kjo ishte një paqe kartoni, një paqe e firmosur me bojë shkrimi? Në skenar, heroizmi i luftës identifikohej me numrin e viktimave, kur dihet që viktimizimi dhe heroizmi janë katërçipërisht të kundërta. Numri i madh i viktimave nuk kallëzon që ti ke luftuar heroikisht, por që ti ke luftuar keq, kopeisht. Masakrimi i gjithë atyre civilëve nuk kallëzon veç barbarinë e pushtuesit, por edhe paaftësinë tënde për t'i mbrojtur ata pjesëtarë të popullit tënd, për lirinë e të cilit qe marrë vendimi për të vdekur. Vendimin për të vdekur e marrin ushtarët, bijtë e një populli dhe këtë vendim e marrin në emër të jetës së fëmijëve, (e ardhmja), të prindërve (e shkuara), të motrave dhe vëllezërve (e tashmja).

Se, nëse për t'ia sjellë lirinë, fillimisht populli duhet të masakrohet, atëherë për kë po sillet ajo liri? Regjisorin e habiste fakti se si as skenaristi nuk kishte qenë në gjendje ta kapte këtë moment. Nëse kjo ishte liria e atyre që vinin në krye të pjesës së mbetur pa masakruar të popullit dhe me një film të tillë tentohej t'i kallëzohej pikërisht kësaj pjese të popullsisë se çfarë kishte ndodhur gjatë luftës, atëherë kjo ishte cinike dhe në titrat e filmit të ri emri i tij nuk do të figuronte. Ai ishte i bindur që gjatë darkës, asistenti i tij do ta pyeste: "Atëherë përse keni pranuar, mjeshtër?". Përgjigjen po e përpunonte pazëshëm, brenda, thellësisht brenda tij.

HAFIZJA NË BURG

Në dhomën e pyetjeve, Hafizen e çuan nga mesnata e ditës tjetër. Ndërkohë, shoku S.S. kishte mbledhur të gjitha të dhënat e mundshme për kosovarin. Nga Tirana kishte mbërritur një dosje, ku përshkruhej me detaje "emigrant politik numër 2323". Të dhënat operative që kishte mbledhur S.S-ja, së bashku me ato që shkruhen në dosjen e tij, jepnin një profil të mjegullt të "emigrantit". S.S-ja, megjithatë, e kishte vendosur: do ta kalbte në burg atë bir kurve! Këto po mendonte kur ia sollën Hafizen e lidhur pupzak me pranga. Polici i shoqërimit u tërhoq duke mbyllur derën. S.S-ja nuk e ngriti kokën nga tavolina, megjithëse po e vëzhgonte të pandehurën me bisht të syrit. Hafizja u ul përballë në karrigen e betonuar, me shikim të rrëzuar, me flokë të shprishura dhe shaminë e bardhë që i varej supeve. "A mund të shfaqet armiku i popullit me këtë pamje?", pyeti veten S.S-ja. Iu kujtua një barcaletë me një roje të një depoje ushtarake, i cili kishte vrarë një gomar dhe qe justifikuar për alarmin duke thënë: "Ashtu siç na ka mësuar Partia, armiku mund të paraqitet në gjithfarë pamje, prandaj të jemi vigjilentë". Roja vigjilent qe treguar, kishte vrarë një gomar. Po sikur ai gomar të mos qe gomar, por vetë armiku, i maskuar si gomar? Po sikur pas kësaj plake të lodhur, Hafizes së çmendur, të fshihej një armike e egër e pushtetit popullor? A i lejohej S.S-së ta neglizhonte atë thjesht se armiku kishte marrë pamjen e përvuajtur të një plake të përhënur, të mos tregohej vigjilent, të mos e shkatërronte Hafizen, edhe po s'qe armike? S.S-ja ishte caktuar në atë detyrë për ta zbuluar armikun; kur armiku nuk ekzistonte, ai duhej krijuar nga hiçi për ta shndërruar fill në hiç.

- Pse e ke krue bythën me pushtetin popullor, Hafize?
- Bytha të daltë në gojë.
- Hëh, e filluam mbrapsht Hafize.
- I mbrapsht je ti...

S.S-ja shtypi një sustë dhe urdhëroi policin që hapi derën t'i sillte një kovë me ujë të akullt. Polici u kthye shpejt dhe S.S-ja e urdhëroi t'ia hidhte Hafizes ujin e ftohtë mbi krye. Plaka lëkundi kryet, si një patë kur del prej pellgut.

- A ndihesh më mirë tani, a t'u kthjelluan mendimet?

Hafizja nuk foli. S.S-ja u ul në tavolinë dhe filloi të shkruante diçka. Pas pak u ngrit në këmbë, iu afrua gruas shtatimët, që kish filluar të dridhej, dhe i tha:

- Ku shtrihet Kosova, Hafize?
- Kosova shtrihet në vorr, te kryet e ka një drrasë ku shkrue "Beligrad", te kamt e ka një tjetër ku shkruhet "Tiranë".

- Kush ta ka mësue këtë gjeografi, Hafize?
- Kurrkush, e kam msue vet.
- A jep këso mësimesh gjeografie kur endesh rrugëve?
- Unë nuk flas me njerëz, unë flas me sende.
- Po me mue pse po flet?
- Se ti send je!

S.S-ja u ul edhe njëherë në tavolinë. Plaka po dridhej. S.S-ja ndjeu edhe vetë të ftohtë, iu duk sikur qe lagur edhe ai. Thellë në brendësi të vetes, si një dritë e drobitur, si një regëtimë apo gjëmë e shurdhër po i ngjitej në tru një ide...! Vuri re se s'qe një ide, qe kufoma e një ideje në formë pyetjeje, një kufomë e mbështjellë në një arkivol të plumbtë, që po i rëndonte në kraharor: njeri jam apo send? "Se ti send je... se ti send je... se ti send je...", po i buçiste në një skaj të kafkës ky refren...

Kjo fjali kishte diçka të ngrirë. S.S-ja e shkruajti në letër: "Se ti send je", katër rrokje, dhjetë shkronja, një tringëllimë të brendshme, si gjymtyrë e shkëputur nga një varg homerik. S.S-së iu dridh prapë trupi. Iu duk sikur kishte më shumë të ftohtë se Hafizja e lagur, se Hafizja e çmendur. Një plakë e lagur dhe një send në një dhomë të zhveshur hetuesie. Rreth e rrotull vetëm mure. Për herë të parë pas kaq vitesh pune, hetimi, suksesesh në shkatërrimin e armikut të popullit, S.S-së po i dukej vetja send, një burmë, vidë e një mekanizmi të madh, të pamëshirshëm, të stërfuqishëm. Armiku përballë iu duk i brishtë, i shkërmoqshëm, një grua e përhënur, e lagur. A mund ta shkatërronte ajo atë makinë të fuqishme, pjesë e së cilës ishte ai, vidë, send i së cilës qe? "Kurrë!", mendoi dhe kjo ide e ngushëlloi. Pushteti popullor ishte i fuqishëm, armiku kishte degraduar, qe rrafshuar, qe stërkequr në një grumbull eshtrash dhe thinjash të lagura. Në vitet e para, armiqtë qenë më të fortë, më të bëshëm, burra e djem të rinj, muskuloz, të vendosur, të egër, gjakftohtë, cinikë, të armatosur. Kur përballeshe me ta, të dukej vetja dikushi, të dukej sikur po bëje diçka, sikur kundërshtari e meritonte të asgjësohej, të zhdukej. Po kjo grua, ky tip i ri i armikut, ishte larg, shumë larg shëmbëllimit të një armiku dinjitoz. Gruaja e lagur s'lëvizte nga vendi. S.S-ja dukej i humbur. Nga kjo gjendje e nxori Hafizja, që filloi të fliste:

- Ka rënë shi dje, arat e kanë shuar etjen, guri ka pëlcitur. Kohë e keqe, shtohen barërat e këqija, kooperativat malore do të mbulohen me lesh të bardhë, fermat e fushës me lesh të zi. Ushtarin e vret këpuca. Leshrat përzihen, nxihen...

Hafizja heshti. S.S-ja i tha:
- Fol Hafize, fol!

Hafizja heshti. Në dhomë dëgjohej veç mjekra e saj që dridhej, duke u përplasur lehtë me dhëmbët e sipërm. Një zhurmë fërgëllitëse kockash që ta ngjethte mishin. S.S-së iu krijua përshtypja se as arma që mbante në brez, as polici pas dere, as muret e trasha e të lagura të burgut, as telat me gjemba nuk mund ta përballonin kërcënimin e atyre dhëmbëve që dridheshin. Hafizja paraqiste një tip të ri armiku, i cili, në ndryshim me njeriun e ri të farkëtuar nga partia, qe një tip shumë i sofistikuar, një krijesë e përbindshme jo prej forcës fizike, por prej dendësisë së urrejtjes, prej thellësisë së pakënaqësisë dhe mungesës fatale të mundësisë për t'u pajtuar me të, për ta trembur, për ta susatur. Ky armik nuk mund të internohej, nuk mund të burgosej, nuk mund të torturohej, as të pushkatohej. Qe një armik i lëngshëm, viskoz, që rridhte pa formë e ngjyrë nëpër dejet e qytetarëve. Metodat e luftës ndaj tij nuk gjendeshin në manualet e shkollave të hetimit, të akademive të dhunës, as në përvojën më të mirë botërore. S.S-ja mendoi se betejës po i afrohej fundi, se pavarësisht gjakut, lotëve, dhimbjeve dhe tmerreve të përjetuara, nga ajo betejë askush s'kishte dalë i fituar; pushteti qe shndërruar në send, në makinë, armiqtë e tij në një lëng të errët, të ithtë, të padobishëm. Hafizja kullonte ujë të ftohtë e të pistë, atij po i rridhnin djersë të ftohta, ngjitëse, si zamkë e prodhuar nga eshtrat e bluara të armiqve. Doli nga dhoma e pyetjeve duke urdhëruar policin t'i jepte Hafizes një palë rroba të thata burgu.

I HUAJI DHE UNË

Kur dola nga varri, vërejta se dielli qe ngritur lart, ndërsa mjegulla e lagësht e një nate më parë qe shpërndarë. Vende-vende dukeshin mbeturina të saj të shkapërdredhura nëpër ferra e pemë, diku larg shquajta siluetat e disa shtëpive të vogla fshati. Ushtari i vdekur, buzë gropës, nuk kishte lëvizur vendit. Një pjesë e fytyrës, që i kishte mbetur e paprishur, e tregonte të ri. Flokët e përbaltura, të qethura shkurt, i qenë ngrirë nga gjaku që kishte marrë ngjyrë të zezë. Një tufë sorrash krrokatnin në lisat buzë një përroi, pa guxuar të bënin fluturime më të gjata sesa nga dega në degë. Shtrova batanijen përtokë, e tërhoqa me kujdes trupin gati të thërrmuar dhe e vura sipër saj. Mora pagurin, e mbusha me ujë në përroin thatim dhe fillova t'ia laja pjesën e fytyrës së paprishur. Po ashtu bëra edhe me flokët. Fytyra e nxirë mori ngjyrë pak më të hapur, ndërsa flokët filluan t'i shkëlqejnë. I vura një gur poshtë kokës dhe fillova ta fotografoja. Pastaj u largova, bëra edhe disa fotografi të vendit rreth e rrotull, hodha në bllokun e ushtarit disa shënime të shpejta, vizatova diçka, një përrua, disa pemë, distancën me hapa nga përroi dhe nga një perlinë e vogël në të kundërt të vend-varrimit. U ktheva përsëri pranë trupit të ushtarit. Vendosa automatikun pranë tij dhe i bëra edhe një fotografi tjetër. Pastaj e mbështolla bashkë me armën dhe me kujdes e lëshova në gropë. Pranë i lash konservën e pahapur të mishit, pagurin plot me ujë dhe mbajta një minutë heshtje. Duke murmuritur së brendshmi himnin kombëtar, me sy të përlotur fillova t'ia hidhja dheun sipër. Sipër grumbullit të dheut, tek koka, vura një gur të madh, të bardhë, që e mora buzë përroit, ndërsa te këmbët një copë dru. Një copë herë bukur të mirë e harxhova duke mbledhur një tufë lulesh të egra nëpër livadh, bashkë me fije bari e gjethe nga lisat e përroit, sajova një tufë të madhe dhe e hodha mbi dheun e butë që kishte filluar të avullonte nga dielli i mëngjesit. M'u kujtuan disa vargje të Fishtës dhe i recitova me zë:

Let' u kjoftë mbi vorr ledina…

I mora sendet e mia e zbrita në përrua të pastrohesha. Pas pak zura rrugën në drejtim të shtëpive, që dukeshin në horizont. Disa herë e ktheva kokën mbrapa. Atë natë të kaluar me ushtarin e vdekur nuk do ta harroja kurrë. Me vete kisha marrë edhe paratë, fotografinë e fëmijës, që më dukej sikur e njihja, dhe ditarin e ushtarit. Atë e lashë vetëm, atje në mes të fushës, veç me automatikun e tij, me një konservë dhe një pagurë uji. Një gur te koka e varrit, një dru te këmbët… dhe sorrat në lisat buzë përroit. Krejtësisht të vetmuar.

M'u duk se edhe dielli i rrinte larg asaj lugine, si për ta vetmuar edhe më tepër ushtarin e vrarë. Nuk e dija saktësisht se ku do të shkoja, por nxitoja për të takuar dikë, për t'i thënë dikujt se kisha gjetur trupin e pavarrosur të një ushtari. Se kisha bërë një fotografi, një skicë të vendit ku gjendej varri i tij. Sa më shumë u afrohesha shtëpive të vogla, aq më shumë më largoheshin ato, sa më shumë nxitoja, aq më ngadalë më dukej sikur ecja. Ia dhashë vrapit. Diçka po ma ndalte frymëmarrjen, një gulsh dhimbjeje po ngrihej nga fundi i kraharorit drejt fytit, aty bllokohej, ma zinte frymën, më shkaktonte lot, që filluan të më rridhnin. I ndjeva fillimisht kur m'i ftohu një valëzim ere. Pastaj m'i dogjën faqet. Ngrita dorën për t'i fshirë, m'u duk se dorën e kisha të gjakosur. Pak më përpara kisha fshirë ballin me të. Nga vinte ai gjak? Nga koka ime apo e ushtarit? Desha ta lëpija me gjuhë, u ndala. Zemra po më rrihte me forcë, pastaj nuk e ndjeva më. Trupi i djersitur po më ftohej. M'u mbyllën sytë dhe mbaj mend se u përplasa përtokë. Kushedi sa orë mund të kem ndenjur aty. Dielli kishte lëvizur, por prapë dukej në kupë të qiellit. Plaku, që rrinte në gjunjë afër meje, m'u duk i zi. Ndoshta ngaqë dielli i binte nga pas kokës, duke zbardhur edhe më shumë qeleshen e tij. Kishte hapur një shishe uji dhe po ma lagte ballin. Kur më pa që lëviza sytë, filloi të më fliste:

- Nga je more djalë? Kush je ti?

Unë s'po i përgjigjesha dot. M'u duk sikur plaku të qe gjindje e madhe, një supergiga njeri, aq i madh sa po ma zinte diellin. Më erdhi mirë që ishte aq i madh. Po të ishte më i vogël, dielli do të më përvëlonte, siç më kish përvëluar për orë të tëra buzë asaj rruge. I hapa prapë sytë.

- Do udhëtarë të kan marrë për të dekun! Ata më lajmëruan që një djalë i dekun gjendej buzë rruge! A je i gjallë, apo i dekun?

Kështu po më fliste plaku i madh, që më bënte hije. Dielli nga pas vazhdonte t'ia zbardhte edhe më shumë qeleshen e t'ia nxinte më shumë fytyrën.

- Nuk e di! - m'u duk se iu përgjigja.
- Nuk e di as unë, pasha Zoten, - tha plaku. - Pak si i gjallë dokesh, veç edhe të dekunve u ngjet boll. Po prej kah je?
- Shqipëria...!
- Po ç'dreqi të ka pru këtu, a s'mund prite edhe pak pa ardhë a? Hala shkiet s'janë shkoqë prej ktuhi, hala tanët s'janë kthye! Ç'ka të ka ngut kaq fort?

Unë s'fola dot më. Nga larg m'u duk se dëgjova trokun e një kali. Si në kllapi e dëgjoja plakun, duke u dhënë urdhra disa njerëzve të tjerë, që po përpiqeshin të më vinin në kalë. Bash kur ia arritën qëllimit dhe u nisëm për në fshat, motori i një makine ndaloi. Më zbritën nga kali dhe më vunë në makinë. Kur e mora veten, ndodhesha në një spital krahas me disa dhjetëra e dhjetëra persona të tjerë. Shumë prej tyre të gjymtuar, të plagosur. Pranë mejë një djalë me një dorë, me jepte me tjetrën herë pas here nga një lugë ujë.

FILMI HEROIK

- Të bësh një film artistik nuk është njëlloj sikur të përgatisësh një emision lajmesh apo të shkruash editorialin e një gazete ditore!

Kështu e filloi bisedën regjisori me ndihmësin e tij, të ulur përballë, duke pirë verë në dhomën e punës. Gruaja e asistentit po shikonte një album me fotografi të shkëputura nga filmi "Shpëtimi i ushtarit Rajan" dhe bënte sikur nuk e kish mendjen.

- Përgjithësisht, filmat me subjekt luftën kanë rrëshqitur apo më mirë të thuash nuk i kanë shpëtuar emocioneve të realizuesve. Gjë që është shmangur me aq mjeshtri nga një këngëtar i lashtë, nga Homeri. Vërehet kaq shpesh një njëanshmëri e theksuar, gati ideologjike, një trajtim kontrast, pa ngjyrë i palëve. Paraqitja groteske e egërsisë së armikut, hiperbolizimi i trimërisë dhe sakrificave të fituesve ose stërmadhimi i efekteve anësore të luftës, e zbeh thelbin e saj. Krijon konfuzion në ndjenjat e shikuesve aq sa arrihet të mendohet se vetëm me luftë zgjidhet gjithçka, se vetë lufta është një gjë e mirë. Praktikisht lufta është zgjidhja më fatkeqe, më e dobët, më e paqëndrueshme dhe më e papërshtatshmja. Nejse, pa dashur të filozofoj për luftën në vetvete, po them vetëm një gjë: imagjino, për shembull, sikur gjermanët ta kishin fituar Luftën e Dytë Botërore. Filmat që do të mund të realizoheshin prej tyre nuk do të ndryshonin aspak nga ata që janë realizuar nga sovjetikët apo amerikanët!

- Po, shoku regjisor, por mos harro se lufta patriotike e popullit rus nuk mund të ketë të krahasuar me atë të nazistëve gjermanë. Ndërsa të parët kanë luftuar për një kauzë të drejtë, që i përkiste gjithë popullit, të dytët kanë bërë luftë thjesht për të kënaqur aspiratat e çmendura të një njeriu.

Regjisori u mbështet në kolltuk dhe ia nguli sytë kafkës së asistentit të tij. Parashikoi se ajo darkë do të ishte tmerrësisht e gjatë. U kthye nga e shoqja e asistentit dhe e pyeti:

- A ju pëlqeu çaji?

Ajo, e zënë ngushtë nga pyetja dhe ngaqë gota e saj qe plot, tha se i pëlqente, por po priste që t'i ftohej. Asistenti duket e kuptoi nëntekstin e pyetjes; për ta fshehur turbullimin e brendshëm, ndezi një cigare dhe, pasi e thithi dy-tri herë, iu drejtua mjeshtrit të tij:

- Nëse unë kam pikëpamjet e mia për luftën dhe për paqen, kjo s'duhet të na pengojë për të punuar së bashku e për t'ia arritur qëllimit të realizimit të kësaj vepre të rëndësishme. Unë kam qenë i informuar që më përpara për pikëpamjet tuaja, por kjo gjë nuk më ka penguar ta pranoj rolin e numrit dy. Kam konsideruar se më e rëndësishme është që ne së bashku të bëjmë një vepër që i shërben popullit tonë. Duke mbajtur inate, duke luftuar për vendin e parë, kam vlerësuar se do mbetemi të gjithë në fund, ta linim popullin pa një dëshmi të fuqishme artistike rreth luftës së tij. Unë jam i bindur që artistikisht ju qëndroni dhjetëra shkallë sipër meje.

- Më vjen keq që ti mendon se këtu bëhet fjalë për numër një e për numër dy. Ne jemi bashkëpunëtorë. Filmi, pavarësisht nga roli i madh që ka regjisori, është art kolektiv, nëse ju pëlqen ta quajmë kështu. E ke vënë re se sa punë na duhet vetëm me aktorët kryesorë? Imagjino pastaj në një skenë masive si ajo e masakrës. Kur thashë se jemi bashkëpunëtorë, kam vërtet parasysh punën e mrekullueshme që ke bërë me sekuencat e atentateve, hetuesisë, ekzekutimit të tradhtarëve etj. Ato kanë në vetvete tharmin e së vërtetës historike, që ti e ke përjetuar. E ke vënë re që ndërhyrjet e mia kanë qenë tepër sipërfaqësore? Thjesht ndonjë truk i imtë profesional, ide e çastit, ngacmuar më tepër nga mizanskena. Ndërsa ajo që thatë për diferencën në dhjetëra shkallë, për mua nuk qëndron.

Asistentit iu bë qejfi që regjisori po tregohej i pakursyer në vlerësimin e punës së tij dhe kjo për më tepër në praninë e së shoqes. Kjo kishte rëndësi të madhe për të. I jepte vetëbesim, pse jo edhe njëfarë krenarie. Ai mendoi se njerëzit si ai, që kishin qenë të devotshëm gjatë luftës, janë po aq të dobishëm edhe në kohë paqeje, madje edhe në fushën artistike. Ai e dinte që kjo aftësi nuk buronte edhe aq nga shkollimi i tij - një shkollë për kulturë masive, ku më tepër kishte mësuar fjalime të Titos dhe marshe punëtorësh, por ngaqë ishte farkëtuar në gjirin e popullit. Aty e kishte burimin energjia dhe talenti i tij. Si atëherë kur ishte betuar të vdiste duke luftuar për lirinë e popullit, tani në paqe qe betuar se do të punonte për të me mish e me shpirt, për ta përmirësuar jetën e tij, sidomos atë shpirtërore. Duhej ngritur lart morali i njerëzve, duhej fiksuar në kujtesën kolektive njëherë e përgjithmonë barbaria e shkieve dhe trimëria e rrallë e heronjve tanë. Kishte marrë pjesë në shumë ceremoni, kishte dhënë ide për buste e përmendore, për varre dëshmorësh e lapidarë anë e mbanë Kosovës. Gati kudo e kish gjetur mundësinë të shkruante emrin e vet. Sa herë kalonte i shoqëruar me ndokënd rrugëve, sheshve apo kudo ku kishte varreza, lapidarë, monumente, buste, ai thoshte me krenari: "E kam ideuar unë, e kam bërë unë projektin, e kam ndërtuar unë". Kosova po mbushej me shpejtësi, si dikur Bashkimi Sovjetik, me plot e përplot përkujtimore mbi luftën heroike të UÇK-së, shumica e veprave me cilësi shumë të dobët, por në vende të dukshme publike. Ndërsa ky film do të ishte hapi i parë për t'i bërë konkrete idetë e tij të mëdha. Ai ëndërronte që me këtë film të ndryshonte edhe vet botëkuptimin e njerëzve për luftën dhe paqen. Vitet e paraluftës kishin qenë të mbushura me lëvizje të vajtueshme pacifiste. Njerëzit kishin qenë jo veç të lëkundur, por edhe tmerrësisht të trembur. Ditët e para të goditjeve ajrore të aleatëve e kishin gjetur popullin në prag të anarkisë. Anarki së cilës i shpëtuan vetëm ata që morën rrugët e botës dhe të pjesës së lirë të atdheut (asistenti nënkuptonte Shqipërinë). Por ja që paqja është e ndërlikuar. Ai përfytyroi sikur kjo kontradiktë me regjisorin të kishte ndodhur gjatë luftës, me kohë do të ishte zgjidhur. Mbi varrin e tij do të kishte mbirë bari dhe krahas emrit të tij, si njollë e trashëgueshme për jetë të jetëve fjala "tradhtar". Filloi t'i vinte zor nga vetja që në fillim ishte përkëdhelur prej fjalëve të mira të regjisorit. Ato fjalë e shumë të tjera, ai i meritonte. Ndjeu se kishte bërë për gjashtë javë xhirime një punë kolosale. Kishte fjetur vetëm katër-pesë orë në ditë. Ishte privuar nga jeta e tij familjare, pothuajse si atëherë në kohë lufte. Ndërsa regjisori guxonte e tallej me gruan e tij të durueshme, të urtë e vetësakrifikuese, duke e pyetur nëse i pëlqente apo jo çaji! Pse po sakrifikonte ai? Thjesht për lavdinë e këtij tjetrit? Këtij që guxon e krahason luftën patriotike të popujve nën thundrën e fashizmit me atë të hitlerianëve? Kjo është e padrejtë! Në fund të fundit, çfarë pune ka bërë deri më sot regjisori? Ka filmuar disa shtëpi të djegura, disa biseda zyrash dhe sekuenca takimesh diplomatike. Është marrë kryesisht me trajtimin e figurës kontradiktore të ish-presidentit, një personazh që në film zë shumë pak vend, madje më tepër sesa ka merituar. Shumë më tepër sesa e ka merituar! Asistent-regjisori nuk e donte Rugovën, madje e urrente, por kish kuptuar se s'qe aty për të dashur e për të urryer, por për të bërë një film, një film sipas shijeve të tij. Ndërsa "shefi i tij", regjisori ka shpenzuar shumicën e kohës duke biseduar me ndihmës-regjisorin e huaj, që nuk ia ka haberin se çfarë ka ndodhur në këto anë. Aktorët e ndjejnë ftohtësinë e tij, edhe pse i binden, sepse është më i miri regjisor filmash shqiptarë në Kosovë! Gjithë kohën e kalon me asistentin austriak, i cili, nga ana e tij, e kalon pjesën tjetër të kohës duke u marrë vetëm me Rinën…! Emrin e saj, njërës prej aktoreve, gati e tha me zë.

- The gjë? - pyeti regjisori, ndërkohë që shfletonte disa faqe të skenarit voluminoz.

- Jo, nejse… në fakt po mendoja për Rinën. Ka tri-katër ditë që ankohet. Thotë se akoma nuk e ndjen se mund të komportohet plotësisht me partnerin në skenën e dhunimit. Na ka prishur punë…! - ndërroi bisedë asistenti.

- S'ka gjë, - tha regjisori, - do të vijë momenti i përshtatshëm. Duhet bërë kujdes me aktorët, se janë shumë të lodhur, disa prej tyre reflektojnë direkt përvojat e tyre personale. Në pamje të parë duket sikur kjo e ndihmon aktorin t'i afrohet më natyrshëm rolit të tij, por në fakt rreziku qëndron tek personalizimi i tepruar dhe humbja e vlerës simbolike. Filmi është sintezë e gjithë fateve personale dhe jo e një përvoje të caktuar. Rina është aktore e mirë dhe unë kam besim tek ajo!

Gruaja e asistentit ishte bërë sy e veshë. Bënte sikur shfletonte albumin me fotografi, por në fakt ndiqte me veshët pipëz çdo fjalë që thuhej për Rinën, sidomos nga ana e të shoqit.

- Ashtu është, por ditëve të fundit ka qenë vërtet e çakorduar. Mbi pesëmbëdhjetë prova kemi bërë mbi një detaj të vetëm dhe ajo nuk arriti të bënte një gjë për të qenë.

- Pse nuk e hiqni fare?! - sugjeroi pa kurrfarë takti gruaja e asistentit. - Pak vajza të tjera ka, që mund ta bëjnë punën e saj, bile shumë më mirë?

- E keqja është se vajzat këtu nuk kanë për të bërë punë, por për të aktruar! - tha regjisori, duke vënë buzën në gaz.

- Nuk është puna të heqësh e të marrësh vajza, - iu kundërvu edhe asistenti të shoqes, -puna është se ajo duhet të jetë më serioze dhe ta kuptojë rëndësinë e misionit që ka marrë përsipër.

- E pse duhet të harxhoni kohë me vajza joserioze, kur ka të tjera plot? - argumentoi përsëri e shoqja e asistentit. Regjisori e kapi nervin e kësaj bisede, por nuk deshi të bisedonte më rreth atij subjekti. I ofroi asistentit dy fletë format të mbushura me shënime dhe nënvizime, duke e ftuar në një bisedë më pak të rrezikshme.

- Siç e sheh, kam bërë një modifikim të vogël në fjalimin e njërit prej komandantëve të ushtrisë. Kam hequr ato fjalë e shprehje që skenaristi ka menduar se do të ishte mirë t'i thoshte një komandant ushtrie.

Por ato nuk mbajnë, sepse ka një kontradiktë në mes përshkrimit që i bëhet karakterit dhe fjalëve që thotë, po ashtu edhe ushtarëve që e dëgjojnë. Ata sapo janë kthyer nga një betejë ku kanë humbur dhjetë shokë. Ndërsa komandanti u mban leksion mbi "epërsinë absolute të forcave tona të armatosura". Praktikisht, të tilla fjalime mbahen vetëm nëpër parada dhe kurrë në një lëndinë rrëzë pyllit, ku po varrosen dhjetë djem të rinj, luftëtarë të vrarë në një betejë të pabarabartë, siç e thotë më poshtë skenari kur përshkruan kundërshtarin "me epërsi numerike dhe të armatosur deri në dhëmbë". E shumta që mund të thuhet në një rast të tillë, siç kam shënuar, është: "epërsinë e padiskutueshme morale të djemve tanë". Hë, si mendon?

- Dakord jam, veç... nëse më lejoni, dua t'ju bëj një pyetje.
- Me kënaqësi! - tha regjisori.
- Pse i kushtoni kaq shumë vëmendje gjërave kaq të vogla? - pyeti asistenti, duke menduar se vërtet kishte gjetur momentin e përshtatshëm për t'ia bërë me dije regjisorit se të gjitha lëshimet që ia kishte bërë deri në atë kohë, kishin synuar thjesht në përmirësimin e atmosferës së bashkëpunimit, por që tash e tutje edhe ai do të këmbëngulte në idetë e tij, gjithmonë duke pasur parasysh skenën e masakrës.
- Sepse e imagjinoj veten në rolin e spektatorit në një sallë të madhe kinemaje!
- Çfarë do të thuash me këtë?

- Dua të them se do ta ndjeja veten shumë keq po të qeshja në atë çast kur do të më duhej të qaja!

Asistenti e gëlltiti inatin me shumë vështirësi. E shoqja ia mori nga duart letrat e nënvizuara dhe bëri sikur po i lexonte. Ai po përpunonte brenda vetes një përgjigje. Shpresoi se duke i thënë ato fjalë, do të mund ta bindte regjisorin t'i përkulej vullnetit të tij, madje ta pranonte opinionin e tij si një fakt të kryer. Kishte kohë që i kishte bluar në mendje ato fjalë, i kishte zgjedhur me shumë kujdes, filtruar, madje, një ditë, gati sa nuk i përsëriti përmendësh para pasqyrës.

- Shoku regjisor! Ka disa kohë që...
- Të lutem, mos më thirr më "shoku regjisor", ne jemi shokë, kolegë. S'jemi në mbledhje partie, ta hajë dreqi! - e ndërpreu regjisori.

Asistenti e humbi fillin. U pështjellua. Pas pak minutash biseduan për disa gjëra të parëndësishme dhe, kur asistenti tha se ndjehej i lodhur, regjisori i zgjati dorën duke i uruar natën e mirë.

DORUNTINA DHE UNË

Të nesërmen e kisha mbledhur mendjen top t'i ndaja përfundimisht punët me Doruntinën. Gjatë natës kisha fjetur shumë pak, duke sjell ndërmend të gjitha variantet e hakmarrjes time ndaj kosovarit. Vetëm për ta vrarë nuk më kishte shkuar ndërmend. Një ide e tillë më kishte kaluar me urgjencë nëpër tru, duke mos guxuar të linte as shkëndijën më të vogël ndezur. Madje e kisha qortuar veten ashpër që e kisha lejuar ta bënte atë kalim të rrufeshëm. Pluhuri që kishte lënë pas vetes ajo skelet-ide, m'i kishte turbulluar pothuajse të gjitha kompozimet e fjalimi të së nesërmes para Doruntinës. Kisha frikë se mos ajo hetonte se kisha pasur edhe ide të tilla. Ky do të ishte fundi. Doruntina e urrente dhunën. Në shtëpinë e saj, sipas fqinjëve, dëgjoheshin shpesh të rrahura. Nuk dihej në botë se kush e rrihte të ëmën e Doruntinës. Magazinieri, i shoqi, apo të bijtë? Doruntina strukej në lëkurën e saj dhe as për të qarë nuk mundte. Ata që e kishin parë në raste të tilla, kishin menduar se ajo qe e marrosur. Dilte nga shtëpia ashtu si qëllonte dhe fshihej në një imshtajë me çufrra, shkurre e shkoza pas barakës. Nejse. Unë qesh i vendosur që atë ditë t'i shprehesha hapur, t'i tregoja se sa shumë e doja, se sa mërzitesha kur mbaronim shkollën dhe nuk kisha shpresë se do të mund ta shihja deri të nesërmen. Kisha ndërmend t'i thosha që ditët e diela qenë një ferr i vërtetë dhe se gëzimi im më i madh qe kur shkolla kishte aksion. Të dielave vjeshtore dhe pranverës, ne gjithmonë bënim aksione, herë në ndihmë të bujqësisë, herë të industrisë, herë të ushtrisë. Kush nuk kishte nevojë për ndihmën tonë, aman? Këto gjëra nuk na mërzisnin. Më mirë aksion sesa i susatur te shtëpia, duke lexuar librat e shkollës nën kontrollin e rreptë të prindërve. Pastaj ai dushi i pjerdhur i së dielës në mbrëmje, kontrolli i vazhdueshëm për morra, krehja e flokëve dhe mysafirët nga fshati, që pinin duhan të mbështjellë trashë me babën në minderin e mbuluar me postiqe. Kjo ishte ditë vdekjeje. Nuk mbaronte kurrë. Kisha vendosur ta nisja bisedën me të me një ton të butë, sa më të sjellshëm dhe të ëmbël, por nëse ajo do të refuzonte të më dëgjonte ose tentonte të më ikte, siç bëjnë shumë vajza në fillim, për të treguar se janë të ndershme, do ta kapja për krahu dhe, natyrisht, do ta ngrija edhe zërin. Do t'ia bëja të qartë se nuk i hiqesha qafe kurrë, sado që të më shmangej, se do ishte shumë më mirë të më pranojë vetë sesa ta detyroja unë të më pranonte me ndonjë marifet që asaj nuk ia merrte mendja e që as vetë nuk ia kisha idenë se cili mund të ishte. Nëse ajo pas këtyre fjalëve do të ndryshonte qëndrim, unë menjëherë do të bëhesha vetvetja, nga e cila më kishte detyruar ajo të dilja, i urtë, i ëmbël dhe i mirësjellshëm si gjithmonë, kuptohet edhe plot dashuri. Në të kundërt do t'ia përplasja turinjve. Do t'i thosha që ajo kishte filluar të flirtonte me kosovarin që në shikim të parë, se kjo ishte sjellje e vajzave pa karakter, që veç ruajnë rastin, shkurt hesapi ishte tipar i rrospive dhe se unë qesh i lumtur që e kisha marrë vesh aq shpejt se me çfarë njeriu bajat kisha të bëja. M'u duk se kisha shkuar pak larg me këtë qëndrim dhe po përpiqesha të gjeja një shteg dalje nga ai qorrsokak ku e kisha futur vetveten. Se, nëse befas ajo ndryshonte qëndrim pas atyre fjalëve, niste të qante e të më lutej që të mos e gjykoja aq rëndë, se kisha qenë i verbuar nga xhelozia, ndaj kisha keqinterpretuar gjithçka, se ajo më donte vetëm mua, por, kuptohet, një vajzë nuk mund t'i pranojë një djali për herë të parë e kështu me radhë, si do t'ia bëja unë për t'i kthyer mbrapsht ato fjalë, të lëpija ato që kisha pështyrë? Kjo gjë sigurisht që do ta pështiroste Doruntinën. Unë e njihja krenarinë e saj. Një krenari si hije e zezë mali, trashëguar nga gjyshi, që u tret dëborërave që s'treten kurrë Po, merret me mend se unë nuk mund ta krahasoj atë me një rrospie dhe vërtet, me përjashtim të asaj puthjes që qe shkëmbyer kryeképut për faj të kosovarit, Doruntina nuk kishte bërë asgjë mbrëmjen e kaluar. Zor se i kishte ngritur një apo dy herë sytë nga tavolina. Njërën herë më kishte vështruar mua, herën tjetër kamerieren kur kishte porositur kakao dhe... nuk më kujtohet t'i ketë ngritur më. Gjithçka kishte qenë normale; në klub kishte pasur shumë pak femra, më kujtohet se qe edhe një ekonomiste zhurmëmadhe e një ndërmarrjeje, regjisorja e teatrit të kukullave dhe një student me motrën e tij në klasë të shtatë. Në kaq pak femra, sigurisht që ajo do të binte në sy të trembëdhjetë meshkujve që qenë ulur për të pirë. Edhe Kosovari madje nuk e ka parë aq shumë, edhe pse jo rrallë e lypte shikimin e saj. Normale, Doruntina qe e vetmja femër tërheqëse në atë tavolinë. Shumë më tepër i qe lëpirë një student kaçurrels, me këmbët si kllapa e fytyrë përhuce, sesa Kosovari. Po unë isha i bindur se Doruntina nuk më ndërronte me atë krijesë të tejdukshme, pa gjak e pa nerva. Hijeshia dhe eleganca e Kosovarit më brengosnin, aq më tepër se ai nuk ishte si ne, ai ishte i huaj, një i huaj i llojit të veçantë. Ai trupëzonte një nostalgji shekullore, mbarte pas vetes një histori të tërë, një mal me legjenda. Ne kishim përpunuar një adhurim gati mistik për ata njerëz që s'na lejohej t'i shihnim, që ishin vëllezërit tanë. Ne qemë rritur me dëshirën për t'i parë, për t'u takuar me ta. Kjo ndjenjë e zamktë ngjiste buzët tona kur flisnim me të, i ngjiste shikimet tona në qenien e tij, ndërtonte ura komunikimi të padukshme, të cilave unë ua kisha frikën, sepse, në rastin tim, ato lidhje, ai përçim elektrik, ishte i barasvlershëm me humbjen e Doruntinës. Ndjeja se do të më krijohej një humnerë e zezë në kraharor, një boshllëk i vjetër, që ishte plotësuar nga takimi im i parë me një kosovar, por më dukej se do të zëvendësohej me një greminë tjetër, të re, të dhimbshme, dërrmuese. Unë nuk isha i përgatitur të paguaja një çmim të tillë për kënaqësinë e njohjes me një kosovar. Nëse Kosovari do të kishte kërkuar dorën e motrës time, unë do të kisha përdorur gjithë influencën që motra ta pranonte. Motra kishte lindur për një burrë. Doruntina kishte lindur për mua. Në fund të fundit, pse duhej të isha unë viktima e parë e bashkimit të ëndërruar, pse të mos ishte dikush tjetër dhe unë veç t'i gëzohesha atij bashkimi? Edhe para shumë vitesh, një paraardhës i imi, kishte lënë nusen natën e martesës dhe qe nisur për në Kosovë, për ta mbrojtur atë nga nuk e di se cili pushtues. Thonë se e pat mbrojtur Kosovën, por vetë kishte rënë. Qe kthyer i vdekur. Nusja e tij qe mbytur në lot dhe e pat mallkuar në heshtje Kosovën, luftërat e saj të marra, të pafundme. Ka pasur të drejtë, Kosova ia kishte marrë burrin! Për atë, Kosova qe si një lavire, që me hiret e saj të përkohshme ia kishte rrëmbyer njeriun e zemrës, një putanë mbi të cilën qenë lëshuar gjithë ushtritë e globit për ta zotëruar. Kosova kishte shpëtuar, por shtrati i saj kishte mbetur si një shpellë e zezë, e braktisur. Ajo vetë, vejushë e virgjër! Jo, qe e padrejtë, nëse bashkimi edhe pas kaq vitesh do të bëhej në kurriz të dashurisë time, kurrë mos u bëftë! Nuk mund ta shkëmbeja një gjë aq ireale, një territor që nuk e njihja, me një gjë aq të shtrenjtë si Doruntina. Nuk doja ta kaloja jetën maleve duke klithur në kërkim të saj. Kur dola nga shtëpia, m'u kujtua se shkolla kishte shtatë ditë që kishte mbaruar dhe e vetmja mundësi takimi me Doruntinën mbetej nëse ajo dilte rastësisht për të bërë ndonjë pazar. U ndjeva i këputur. Shpupurita flokët që i kisha krehur me aq kujdes, mora librezën e bibliotekës dhe u nisa. Sigurisht që nuk përfundova në bibliotekë. As që e kisha ndërmend. Librezën e mora për t'iu justifikuar ndonjë tipi që s'më pëlqente të rrija me të, por që të vardiset, të mërzit bythën duke të treguar histori të trilluara femrash, trimërish e rrengjesh, që u ka punuar prindërve të vet. Pashë një grup fëmijësh me çanta të vogla në shpinë, të cilët, së bashku me një drejtues pionierësh, që e njihja, po shkonin në ekskursion te kështjella e ilirëve. Për shpirtin tim të trazuar, arratisja në ato rrënoja u duk si gjëja më e arsyeshme, më dobiprurëse. Pluhurat e arta të lashtësisë së famshme dhe të lavdishme m'u duk se do të mund të ma shëronin më mirë se çdo gjë tjetër shpirtin e lënduar. Pionierët po këndonin një marsh socialisto-optimist. Kënga e tyre, për një çast ma pastroi shpirtin edhe nga gjurmët më të vogla të pesimizmit dhe dëshpërimit.

I HUAJI DHE UNË

Kur pashë djalin e imtë me krah të këputur, që po me jepte ujë me lugë, u kthjellova. I buzëqesha. Ai u lumturua.

- Kam njëzetë e katër orë që kujdesem për ty. Kam qenë student mjekësie në Tiranë. Por në vit të tretë e ndërpreva e shkova në luftë. Në luftë si infermier, s'di të përdor armë unë! Mjekoja të sëmurë, të plagosur këndej e andej. Jo keq, kam shpëtuar jetë njerëzore. Shumë njerëz më thërrasin "Doktor". Nuk jam doktor, por do bëhem një ditë, do t'i rifilloj studimet. Tashmë me një dorë. Po s'ka gjë, ka edhe më keq, ka tjerë që kanë humbur jetën. Unë një dorë. Ty nga Shqipëria të kemi? Nga cili vend? Ke qenë në luftë? Çfarë të ka ndodhur? Të ka sjellë një plak me të birin. Ata thanë se nuk të njihnin, të kishin gjetur buzë rruge, pa ndjenja. Ti dhe një serb jeni të vetmit të huaj këtu. Serbi është ai aty, një mësues nga Gjakova, një njeri i mirë, ndoshta i vetmi serb i mirë mbi dhe. Ka dalë në pension. Ndenji me shqiptarët deri në fund. Po të mos kishte dalë në pension, do të mbetej pa punë. Pa punë, pasi është mësues i serbishtes. Kujt i hyn në punë më ajo gjuhë? Doktori nuk e kishte humbur veç krahun, por edhe një pjesë të kontrollit mbi veten. Ndoshta nuk e kishte pasur kurrë.

- Kam pasur një çantë!
- S'ka çantë, plaku të ka gjetur pa çantë; disa udhëtarë para tij të kishin lënë aty për të vdekur. Ata thjesht i kishin thënë plakut: "Një djalë i vdekur te Ligatinat", kështu quhet vendi ku të gjetën. Erdhi plaku, t'i ishe pa ndjenja, pastaj erdhi i biri me kalë, pastaj djali tjetër me makinë. Kështu përfundove këtu. Nuk thua shyqyr që je gjallë! Çfarë kishe në çantë? Dokumente? Para?
- Kisha një fletore ditari...!
- Atë e ke këtu, ta kam vënë poshtë kreje. Nuk e kam lexuar, nuk lexohet ditari i tjetrit, mund të kesh gjëra intime aty, gjëra që nuk duhet me i ditë kush veç ti.
- Nuk është ditari im, është i një të rëni! Varri i të cilit gjendet...!

U afrua serbi, i huaji i dytë pas meje që gjendej në atë sallë. Plak njeri. Me një krah të lidhur e me një patericë!

-M'i theu komandanti serb i qytetit! Më kishin spiunuar se po u ndihmoja fqinjëve të mi!

Burri u shkreh në vaj. Doktori ia hodhi dorën në qafë.

- Mos Bozhe, mos qaj. Ke bërë sa ke mundur. Shyqyr që të gjeti një nga këta tanët, që njihte babën e fëmijëve, se po të kishe rënë në dorën e ndonjë UÇKisti tjetër, kishe shkuar me kohë. S'ka shqiptar të mirë e të keq, shqiptari i mirë është kur është i vdekur! A nuk thoshit kështu për ne? Edhe këta tanët, kështu mendojnë: serb i mirë është serbi i vdekur. Si kujtove ti, se po tregohemi zemërpula me ju? Jo more, kanë filluar t'i nisin për Serbi. Ç'tu bësh këtyre të NATO-s, në varr do kishit përfunduar. Por ja, përjashtimi që vërteton aksiomën: ti je një serb i mirë edhe pse i gjallë, pasi re në dorën e një shqiptari të mirë edhe pse të gjallë!

"Doktori" vërtet e kishte problem jo krahun, por trurin. Si çakallë mulliri filloi të më lodhte. Po bëhej i padurueshëm. Në këto çaste, një burrë i gjatë me uniformë të UÇK-së, me syze të holla të arta, foli nga fillimi i sallës.

- Të plagosurit lehtë dhe ata që mund të ecin e të ushqehen të largohen nga spitali brenda një ore. Një mjek dhe një infermier do të përcaktojnë gjendjen tuaj. Spitali do shndërrohet në objekt ushtarak. Kaq tha dhe u kthye mbrapsht, i ndjekur nga dy-tre vetë. Ku e kisha dëgjuar atë zë, ku e kisha parë atë njeri? Inventari i të sëmurëve u bë nga një mjek dhe nga "doktori" pa krah, që s'mund të ishte mjek tashmë në praninë e një doktori të diplomuar. Më matën pulsin, tensionin dhe më thanë se zemra më qe qetësuar. Kisha vuajtur nga një aritmi kalimtare, por shumë e rëndë. Për fat, nuk kishte zgjatur shumë, pasi gjendja e të fiktit e kish rehatuar zemrën në minimumin e saj jetik. Më thanë se s'kisha më nevojë për trajtim mjekësor. Duhej të dilja. Mjeku e shënoi emrin tim në listë dhe u largua te shtrati tjetër. "Doktori" u kthye e më pyeti nëse dëshiroja të rrija prapë, pasi ai mund të ndërhynte, ta fshinte emrin tim nga lista, ta vinte në një listë tjetër, në fund të fundit nëse dëshiroja të rrija edhe disa ditë; edhe pse spitali po shndërrohej në objekt ushtarak, kjo nuk do të thoshte se do të shndërrohej frap e frap si me shkop magjik. Fliste duke i shoqëruar fjalët e tij me gjeste, por vetëm me njërën dorë, tjetrën... e kishte humbur. Mendova se ajo dorë që po bënte ato gjeste të bezdisshme më kishte ushqyer për disa orë apo ditë dhe më erdhi keq për të. Desha t'ia puthja dorën e t'i thosha të kujdesej për mendjen. Por s'e bëra as njërën, as tjetrën.

- Jo! - i thashë, - do largohem. Të jam mirënjohës për gjithë ç'ke bërë për mua. Si e ke emrin, se nuk jemi prezantuar akoma?

- Doktor, më thërrasin shkurt, - tha ai duke qeshur e u largua në drejtim të mjekut që po vazhdonte ekzaminimin e të plagosurve, të sëmurëve.

Bozhen e mbajtën. U ndava me të pa pikë shprese se do të mund ta shihja përsëri. Mora fletoren e ditarit dhe dola. Te dera e jashtme m'u duk se shquajta edhe njëherë komandantin me syze, me zërin që më sillte diçka ndërmend. Por isha i lodhur edhe për të menduar.

Mora nga stacioni i autobusëve; dikush më tha se linjat me Pejën e Prizrenin qenë rivendosur me urdhër të NATO-s. Pas dy orësh u nis një autobus.

As më kërkuan biletë, as më pyetën se ku po shkoja.
Autobusi u nis ngadalë. Kosova nuk po më pëlqente.
M'u duk shumë e lugtë. Njëfarë pusnaje e stërmadhe,
rrethuar me male. Mendova se qe pikërisht ai terren
konkav që kishte sjellë fatkeqësinë e saj. Ata që
qenë vendosur fillimisht në atë rrafshultë, kishin
përtuar të lëviznin më tej. Edhe pushtuesit ashtu
kishin bërë. Sapo e kishin pushtuar Kosovën, nuk
kishin lëvizur më prej saj. Aty kishin luftuar edhe me
ushtritë e pushtuesve të rinj. Aty kishin vdekur, aty
qenë varrosur. Kishin vjedhur legjendat e vendasve,
u kishin shtuar personazhe, prapashtesa e parashtesa
të gjuhës së vet, që vendasve u dukeshin blegtorale.
Për habinë e përjetshme të vendasve, serbët kishin
vjedhur edhe meritën e një humbje të turpshme
në një betejë të mesjetës. Osmanët, pas fitores së
asaj beteje, ndenjën gjatë. Ajo vërtet kishte qenë
një perandori dembele, tmerrësisht e ngadalshme.
Njëqind vjet kishte bërë për ta pushtuar atë që e
quante Gadishulli Ilirik, katërqind vjet kish ndenjur
këmbëkryq mbi popuj e kombe të tij dhe për të ikur
u ishin dashur njëqind vjet. Të gjithë pushtuesit e
Kosovës kishin përdorur objektet e kultit të njëri-
tjetrit. Ndryshonin kullat e kumbonëve në minare,
minaret në kambanore. Themelet e kishave të Romës
qenë përdorur për të ngritur ato të kishës lindore,
pastaj xhamitë, pastaj prapë kishat, pastaj xhamitë,
kishat dhe së fundi komitetet e partisë. Dhjetë vjetëve
të fundit të shekullit qenë ndërtuar e rindërtuar nga

e para qindra kisha. Kosova qe mbushur jo veç me murgj e priftërinj, por edhe me ushtarë të ardhur nga veriu. Tashmë para meje shfaqej një fushë e shkretë, fshatra të kthyera në gërmadha. Zogj të mëdhenj, të murrmë, që vendasit i quajnë sokola, të tjerë pak më të zinj, orlat, pezullonin në ajrin e rëndë të verës. Herë pas here uleshin mbi kufomat e bagëtive të ngordhura livadheve. Ndoshta edhe mbi kufomat e njerëzve të pushkatuar. "Varreza masive" qe një term që përdorej çdo ditë nga Kristianë Amanpour e CNN-së. Ajo intervistonte dallgët e njerëzve të deportuar nëpër portat e derdhjes, të shkarkimit të Kosovës. Por edhe nëse nuk do të kishte varreza masive, kufoma ushtarësh, si ai që kisha varrosur vetë me duart e mia, padyshim që do të kishte. Më zunë sytë një karvan me zetorë, makina dhe bagëti. Mbi njëzet automjete, dhjetëra njerëz. Pleq e fëmijë. Autobusi u ndal, disa prej tyre u ngjitën në të, të tjerët mbetën me traktorët dhe qerret e tyre. Njëri nga pleqtë m'u afrua dhe e më pyeti se kush isha dhe nga vija. I kallëzova.

- Ke ardhur të vjedhësh ndonjë send? - m'u drejtua një fëmijë dy-trembëdhjetë vjeç. -Nuk ke se çka të vjedhësh, - vazhdoi djaloshi, - gjithçka që kishim na i kanë marrë shkiet. Edhe ato që na kishin mbetur i morën ata që sapo ikën! Po në piçkë të nanës u qoftë! Të paktën nuk i shohim ma me sy!

Njëri prej pleqve ngriti shtagën e gungtë dhe preku kokën e qethur të djalit.

- Mshile gojën e ec! - urdhëroi plaku.

M'u desh të shpjegohesha se pse ndodhesha aty, si kisha ardhur, si më kishte ndodhur dhe se ku kisha ndërmend të shkoja. Pleqtë më këshilluan të mos shkoja më thellë në Kosovë, pasi prapë kishte serbë të armatosur, policë e ushtarë, që po i mblidhnin njerëzit e vet, po vidhnin e plaçkisnin, ndërkohë që ushtarët e NATO-s, thuhej se sa po hynin nga kufiri juglindor i Kosovës. Më vonë u tregova pleqve për ushtarin e pavarrosur, duke ua përshkruar pak. Por ata nuk treguan ndonjë interesim të madh.

- Ashtu i kemi gjysmën e familjeve, të vramë e të masakruem mbi dhe. Atë të paktën e paske varrosur.

Ata zbritën diku në një fshat, pasi më lanë në dorë një copë fli të ftohtë, të bërë kushedi para sa ditësh. Pleqtë kishin të drejtë, kisha ardhur shumë shpejt në Kosovë. Akoma pa nisur kthimi i plotë i njerëzve nga Shqipëria. Në qosh të një rruge vërejta një kope qensh duke shqyer rroba të përbaltura, mundoheshin të nxirrnin prej dheut kushedi se çka. Kuptova se kisha hyrë në ferr qyqe i vetëm, pa Virgjilin, pa askënd. Rruga ime do të qe e vështirë; nëse do të dilja i gjallë prej Kosove, do të qe një fat i madh. Askush gjatë asaj dite nuk m'u duk më i vdekur se vetvetja edhe pse shumë prej atyre që kisha takuar qyshse ditën e parë që kisha shkelur në tokën e Kosovës, kishin qenë vërtet të vdekur, të pushkatuar. M'u duk sikur skuadra e pushkatimit tim kishte zënë pozicion brenda kafazit tim të kraharorit

dhe prej aty, pa pikë mëshirë, lëshonte pa ndërprerje
breshëri vdekjeprurëse. Dikur u lodha. Autobusi ecte
tmerrësisht ngadalë. Dielli po më rrinte si prozhektor
përvëlues bash mbi rrashtë të kresë. Toka digjej.
Mushkëritë më qenë bërë si shollë. Buzët e thara! M'u
kujtua plaku, pastaj dora e "doktorit". Shpirti im nuk
kishte më vend për helm. Qe mbushur plot e përplot.
Autobusi u prish. Zbrita dhe u ula buzë rruge. M'u
duk sikur kisha mbërritur në fund të udhëtimit tim,
të një udhëtimi që e kisha ëndërruar prej shumë e
shumë vitesh. Ndoshta vetë fakti që kisha realizuar
atë ëndërr të vjetër, qe bërë shkak që fuqitë të më
linin. Në fund të fundit për çfarë do të më duheshin
fuqi të tjera? Kisha mbërritur në cakun e dëshirave
të mia. Qe realizuar ëndrra ime, e kisha prekur me
dorë, e kisha shkelur me këmbë, kisha shijuar bukën
dhe ujin e Kosovës, kisha fjetur në tokën e saj, madje
jo, kisha fjetur deri edhe në një varr të saj. Kisha
zëvendësuar një të vdekur, jo shumë gjatë, veç për
një natë. Më erdhi keq që nuk kisha vazhduar të rrija
në atë varr, të vetëvarrosesha bashkë me të vdekurin.
Kosova që kërkoja nuk ishte më, kishte mbaruar
bashkë me atë ushtar. Aty do të duhej ta ndalja
shtegtimin tim, të kthehesha mbrapsht ose të hyja në
dhé bashkë me të. Mendova se qe më mirë të vdisja,
sesa të zhgënjehesha. I zhgënjyer, shpirti do të më
dilte më me vështirësi, madje neveritshëm, si të gjithë
atyre njerëzve që vdesin kot, thjesht se duhet vdekur.

Befas m'u krijua përshtypja se qesh i burgosur.

Bashkëvuajtësit e mi qenë të vdekur. Veç trupat e tyre të pajetë më bënin shoqëri në atë burg të stërmadh. Ata pak udhëtarë që zbritën nga autobusi qenë larguar tashmë. M'u kujtua se fillimisht kisha shpresuar se duke iu afruar një trupi mund t'i jepja shpirt nga shpirti im, ngrohtësi nga ngrohtësia e gjakut tim. Kisha ndjerë një nevojë të dhimbshme për të shkëmbyer fjalë me më të parin njeri që do të shihja, kisha dashur t'i tregoja se pse kish ëndërruar aq gjatë ta vizitoja Kosovën, pse aq me ngjyra të ndezura kisha pikturuar peizazhet e saj në imagjinatën time, pse qesh aq i lidhur me atë tokë dhe njerëzit e saj? Kisha dashur t'u tregoja se jeta ime, tashmë që ia kisha arritur qëllimit, nuk kishte më pikë kuptimi. Madje nuk doja të shkoja as më larg, as më thellë, drejt veriut, atje ku thuhej se serbët qenë grumbulluar, pasi i kishin nisur gratë e fëmijët për në Shumadi. Kishin vendosur t'u rezistonin edhe trupave të huaj, qoftë edhe duke dhënë jetën. Janë të shumtë serbët që kanë dhënë jetën për Kosovën, duke luftuar për mbrojtjen e saj nga të huajt. Edhe ata serbë që kanë vendosur të rrinë ndoshta do të vdesin, veç vdekja e tyre e mëvonshme do të afrojë ditën kur serbë të tjerë do të lypin shpagim për ato viktima të pafajshme, siç do të thuhet në gazeta. Dhe ai shpagim mund të jetë i rëndë, i pariparueshëm për shqiptarët. M'u rrëqeth mishi nga ideja se lufta nuk kishte mbaruar ende, nga ideja se ata që i kishin ndihmuar shqiptarët nuk donin të dilnin vetë si fitimtarë, as shqiptarëve nuk ua lejonin këtë kënaqësi, nuk donin të tregonin se e kishin mundur kundërshtarin, veç e kishin bindur të vepronte sipas rregullave, e kishin bindur se nuk mund t'i vriste për dy muaj dy milion njerëz! Duhej kohë e gjatë, duhej durim dhe vrasësit e linjës së parë duhej të tërhiqeshin nëpër spitale psikiatrike apo nëpër burgje për të dhënë shenja pendese, pastaj u hapej rruga vrasësve të rinj, më të etur se të parët, me ankthin e shpagimit, vrasës të butë me po të njëjtat thika, me po të njëjtat armë, që hapin të njëjtat plagë që shkaktojnë vdekjen e vjetër. Pak para se të bija në kllapi apo ndoshta edhe në ëndërr, pashë dorën e vetme të "doktorit", duke më dhënë ujë me një lugë të vjetër druri. Nga dhimbja në kraharor kisha shtrënguar copën e flisë si diçka të shtrenjtë, sikur të kisha frikë se dikush do të ma rrëmbente.

DITARI

14 dhjetor 1998

Përfundimisht e kam vendosur. Do të nisem për në Kosovë - kështu fillon ditari i mbajtur në fletoren që kam në gji. Një shok i vjetër nga Shqipëria më ka premtuar se më ka gjetur një automatik të bukur të Poliçanit dhe gjashtëqind fishekë, disa bomba dhe granata. Kaq mjaftojnë për fillim. Sot bleva uniformën dhe disa mjete të tjera për jetë mali. Nuk e di se si më duket, nëpër kraharor më fryn një fllad, një erë e freskët që ma lehtëson zjarrminë. I thashë edhe gruas. Ajo është e heshtur dhe e mërzitur. Ka kaq vite që nuk i ka parë prindërit e vet. Veç ka folur në telefon. Sot më tha se unë po shkoja në vendlindjen e saj. Dhe vërtet nga aty do të hyj në Kosovë. Ndoshta i takoj njerëzit e saj, njerëzit e saj, të cilët i njoh vetëm përmes fotografive.

Këtu nuk i kam treguar askujt, vetëm me dy shokë do të nisem. Nuk kam qejf të bëhet zhurmë, sikur po nisemi për në dasmë, sikur po bëjmë ndonjë gjë të madhe, ne po shkojmë në luftë të bindur se është shumë e vështirë për ta fituar atë luftë, por edhe në mos e fitofshim, të paktën as ata nuk i lëmë ta fitojnë

Kosovën. Vajza ime e vogël, Kaltrina, më sillet rreth këmbëve, duke m'i shtrënguar, sikur ta dijë se po iki diku larg, nga ku ndoshta nuk kthehem më.

31 dhjetor 1998
Javën e parë të janarit nisemi.

UNË DHE VENDI I SHENJTË

Në gjysmë të rrugës pashë Zefin. Nuk kisha ndonjë njohje të madhe me të veç, e dija se ishte i ati i Teutës, asaj vajzës së hijshme, që thoshin se i qe qepur Hafizja e çmendur. Udhëheqësi i pionierëve, një natyrë shumë kureshtare, u ndal një copë herë me të. Unë vazhdova rrugën bashkë me pionierët, që s'pushonin së kënduari. Tashmë po këndonin një këngë për pranverën, mbushur me lule dhe kooperativistë të lumtur, që mbillnin fushat pjellore. Tingujt e zërave të tyre shpërndaheshin në pyllin e pafund, në krahë të djathtë të rrugës, ndërsa majtas rrekneheshin në një shpat me shkurre të imta, që zbriste thellë në përrua. Vende-vende, përroi kishte gërryer thellë mes dy damarëve shkëmborë, duke krijuar një grykë të thepisur, nga ku veç guximtarët mund të shikonin ujërat e argjendta që përplaseshin nëpër shkëmbinjtë e bardhë. "Ai është një vend ideal për të xhiruar filma me aventura për fëmijë", kishte thënë njëherë regjisori. Dhjetëra histori tregoheshin për ato brigje shkëmbore. Thuhej se diversantët që kishin ardhur në vitet e para të ndërtimit të socializmit, qenë strehuar atje dhe se një djalosh i vogël, të cilit i kishte humbur një kec, kishte shkuar pas tij duke u kacavjerrë faqeve shkëmbore, kur befas kishte parë kampin e tyre buzë një shpelle. "Ai pastaj i kishte treguar partisë", siç shpreheshin veteranët, dhe partia kishte çuar gjithë popullin në këmbë për t'i kapur. Dhe i kishin kapur.

Një tjetër histori bënte fjalë për një vajzë partizane, e cila, e rrethuar nga nazistët, ishte hedhur në përrua duke u bërë copë-copë, veç që të mos binte në duart e tyre. Këso historish, me hedhje vajzash në greminë, gjenden anë e matanë Ballkanit, thua se burrat e tij kurrë nuk kishin qenë në gjendje t'i mbronin gratë dhe vajzat e veta. Një histori tjetër fliste për një plakë, Fazë Shtrigën, e cila, buzë atyre kreshpave, tirrte leshin e magjive të veta, aty përziente thonj, qime, copa qeramike, gurë të sharëm, pendla zogjsh, aty kishte ngritur laboratorin e saj të errët, deri sa një ditë, disa të rinj me librat e vegjël të Mao Ce Dunit në dorë, ia kishin bërë shkrumb e hi strehën e mjerë, strehën ku jetonte plaka e vetmuar. Po mendoja për këso sendesh, kur udhëheqësi i pionierëve m'u afrua dhe më tha se kishte marrë vesh një gjë të çuditshme. Merret me mend që as nuk priti ta pyesja se çfarë, kur filloi të më tregonte: "Hafizja e çmendur kishte ndërtuar një si punë stani të vogël pranë Kështjellës së Ilirëve dhe aty banonte, ndoshta prej shumë vitesh". E vetmja gjë që më habiti qe fakti se pse e kishte bërë aq larg nga qyteti, aq më tepër që i duhej të kalonte mes për mes një pylli e disa përrenjve të thellë. Ajo qe femër, ani pse pak në moshë dhe e çmendur. Thua që Hafizja e ka vrarë frikën? Nuk trembet ajo nga hijet e natës, nga kalimtarët? Se nga kafshët e egra s'ka pse të trembet Hafizja, pasi pylli ynë nuk ka më të tilla. As ujqër, as arusha, tigra e luanë jo se jo, por as dhelpra, ketra e zogj nuk ka më. Janë arratisur nga frika. Pionierët ia kishin krisur një kënge tjetër. Qe një këngë humoristike kundër Gorbaçovit dhe Perestrojkës. Në tekstin e këngës kishte fjalë të tilla, si: "çjerrje maskash, revizionist të ndyrë", togfjalësh që rimonte me fjalët "nuk ju mbeti më yndyrë", pastaj "o more këlyshë dosash", që rimonte me togfjalëshin tjetër "zagar zorrësh e perestrojkash". Fëmijët këndonin me gjithë shpirt, pastaj qeshnin me fjalët e pista, të cilat edhe në shtëpi, por edhe në shkollë mësoheshin që të mos i përdornin. E pyeta drejtuesin e shtëpisë së pionierëve se kush e kishte bërë tekstin e asaj kënge dhe ai më përmendi emrin e një humoristi, i cili i kishte pothuajse të ngjashme emrin dhe mbiemrin.

Zërat e çakorduar të fëmijëve filluan të m'i gërryenin nervat. "Po ndalem pak, për një punë personale", i thashë drejtuesit të pionierëve. Hyra në pyll. As që kisha ndërmend t'u bashkëngjitesha më. Madje u pendova që u bashkova me ta. Sigurisht që do të isha kthyer mbrapsht sikur të mos më kishte tërhequr ideja për të vizituar "vilën" e vetmuar të Hafizes. Kështjellën e ilirëve e kisha parë kushedi sa herë dhe sigurisht që nuk më kishte bërë ndonjë përshtypje të madhe. Mure të vjetra ka edhe në fshat te gjyshja ime. Ajo më ka treguar se si fill pas luftës, shtëpinë e saj e dogjën partizanët. Gërmadhat e saj janë edhe sot e kësaj dite. Të mbuluara nga hithrat dhe ferrat. Njëherë kemi pas gjetur në një zgavër të murit një kuti duhani prej teneqeje, të ndryshkur dhe të nxirë nga zjarri. Brenda saj gjetëm një cigarishte të vjetër argjendi me një kokërr qelibari. Atëherë menduam se zbuluam objekte që u përkisnin ilirëve. Gjyshja tha se ishte llulla e të shoqit. Nja dy pleq, kushërinj të burrit të gjyshes time u tallën, duke thënë se "gjyshja juaj për çdo llullë që gjen, thotë se është e burrit të vet; i ka mbetur merak llulla e tij!". Ne nuk qeshëm atëherë, për më keq na erdhi për gjyshen. Ata dy pleqtë i kam urryer deri ditën që u palosën në dhe njëri pas tjetrit nga tuberkulozi. Nejse. Puna e gërmadhave nuk më tërheq më. As e shpellës në të cilën thuhej se janë gjetur objektet e ilirëve, që gjenden sot në muzeun e qytetit. Kemi hyrë dikur me një grup shokësh deri në fund të asaj shpelle. Morëm elektrik dore, litarë, kazma të vogla dhe filluam zbritjen. Shpella fillimisht është pak e gjerë, pastaj vjen e ngushtohet dhe për disa metra zbret thikë poshtë. Zgjerohet përsëri, madje të krijohet përshtypja se ka dhoma të ndara. Muret janë faqe guri të mbuluara nga lagështira. Asnjë shkronjë, asnjë pikturë, asnjë shenjë që të tregonte se jeta ka ekzistuar ndonjëherë në atë shpellë. Nga fundi kemi gërmuar me kazma për pothuaj gjatë gjithë ditës, duke e futur dheun në torba dhe nxjerrë në sipërfaqe, me shpresë se pas atij grumbulli dheu do të mund të gjenim thesarin e fshehur të ilirëve. Edhe pse qysh në fillim kisha dyshuar se ilirët kishin qenë të varfër, madje më të varfër se ne, prapë se prapë kërshëria na kishte shtyrë. Thuhej se shpatat e tyre kanë qenë të stolisura me gurë të çmuar. Më kujtohet se unanimisht vendosëm që, nëse gjenim ndonjë gur të çmuar, do t'ia falim shtetit dhe ai, nga paratë e nxjerra prej shitjes, të na ndërtonte një park lojërash. Gurin e çmuar e as shpatat e ilirëve nuk i gjetëm; sigurisht as parkun e lodrave nuk ia kërkuam kujt. Luanim nëpër ndërtesat e pambaruara, duke u gjuajtur me çimento të mbështjellë me letër, me shpata druri ose me karroca me kushineta. Dy shokë tanët kishin përfunduar nën rrotat e makinave shumëtonëshe. Varret e tyre të vogla i vizitonim shpesh para disa vjetëve. Tashmë ata janë harruar. Nejse. Vila e Hafizes, ndërtuar pranë gërmadhave të kishës ilirë, kishte pushtuar tashmë fantazinë time. Duke mos dashur që ta ndaja kënaqësinë e vizitës së parë në atë vend me askënd, preva rrugën shkurt nëpër një brinore kodre, zbrita në një përrua dhe kalova mbi një vig druri që shërbente për të kaluar ujin e një kanali të vogël në anën tjetër të përroit. Përfundimisht i kalova pionierët dhe udhëheqësin e tyre. Ata do të mbërrinin të paktën gjysmë ore pas meje. Kur iu afrova kreshtës së vogël majë kodre, ku bën hije një bung trungtrashë, ngjitur me gurët e murit anësor të kështjellës së ilirëve, mendova se vila e Hafizes do të ishte pranë logut të varreve, ku ishin edhe themelet e kishës së ilirëve. Bosh. Asgjë. Disa rrasa të mëdha gurësh. Në vendin ku ato lidheshin me njëra-tjetrën, prej shekujsh kishte mbirë bar, që kishte mbirë edhe në zemër të tyre, aty ku ato qenë pak të lugëta dhe dheu e lagështia kishin mundur të zinin vend. Qenë pastruar, matur dhe fotografuar vetëm një herë në jetën e tyre mijëra vjeçare dhe vërtet kishim krijuar përshtypjen se ishte tabani i një kishe jo shumë të madhe, por as të vogël. Qe vlerësuar se brenda saj mund të rrinin gjashtëdhjetë-tetëdhjetë vetë, por, sipas historianëve, modifikimi që i kishin bërë ilirët ritit të lutjeve, duke e thjeshtuar atë në përputhje me kushtet, krijonte idenë se Shtëpia e Zotit mund të zinte gati dyfishin e atij numri. Vila e Hafizes nuk dukej askund. I bëra një rrethrrotullim të plotë majës së kodrës, pastaj hipa sipër mureve dhe po këqyrja nga të katër anët me vëmendje shumë të madhe, pa mundur të zbuloj asgjë. Zërat e pionierëve po afroheshin. Nxitova drejt një qosheje të mbuluar nga një gështenjë e vjetër me kurore të stërmadhe. Asgjë. U ula pranë trungut të saj, duke u kujdesur që të pastroja më parë gjembat e eshkave të vjetra. Mendova se Zefi, babi i Teutës është më i çmendur se sa Hafizja. Një i çmendur i llojit të veçantë. I çmendur nga frika. Ndërsa i njohuri im, drejtuesi i pionierëve është një i çmendur nga kureshtja, nga pasioni për të qenë i pari që merr vesh diçka të re, qoftë ajo edhe gjëja më e parëndësishme, bie fjala "llamarinisti barkmadh ka blerë tenxhere me presion!". Kjo përbën lajm për të. Lajm përbën edhe që Kosovari, pasi kishte ngrënë një mollë, e kishte mbajtur gërdhajën për disa minuta në dorë, për të mos e hedhur në tokë, derisa të gjente një kosh plehrash! Lajmet që jepte radioja për të nuk qenë lajme, ato i dinte e gjithë bota. E rëndësishme qe të dinte se sa dolli më shumë për partinë qenë ngritur në një dasmë sesa në një tjetër. Ai ua tregonte njerëzve këto shifra e ata hynin në një garë mizore, të pashpirt, se kush e kush të ngrinte dolli më shumë për partinë. Por sporti i tij kryesor lidhej me numrin dhe llojet e ndryshme të kostumeve të grave të udhëheqjes së partisë! Ky qe pasioni i tij legjendar. Ai e dinte me saktësi se çfarë kostumi ka pas të veshur gruaja e sekretarit të tretë të partisë ditën e inaugurimit të çerdhes nr. 3, në datën 16 tetor 1968, siç e di se sa herë brenda ditës i ka ndërruar rrobat e shoqja e drejtorit të kursit të partisë më 28 shkurt 1977. Ndërkohë që vetë krenohet se të njëjtin kostum ka dymbëdhjetë vjet që nuk e heq nga trupi. Ai nuk e lë pa i ndërruar kostumet nga modestia, thjesht nuk ka para për të blerë një tjetër. Rrogën e ka të mirë udhëheqësi i pionierëve, por harxhon jashtë mase me gjithfarë njeriu, për të grumbulluar informacion rreth të tjerëve. Ka disa lloj sekretesh që i kushtojnë shumë shtrenjtë mikut tim për t'i futur në dorë, veç merret vesh se edhe shitja e tyre ose pagesa për t'i heshtur, paguhet dyfish. Ai zgjidh punë, të cilat konsiderohen përfundimisht të pazgjidhshme, veç me një takim. Njëherë ka ndërhyrë për një djalë, që ta dërgonte në universitet, edhe pse i ati i tij ishte i arratisur, ndërsa e ëma e dënuar me dymbëdhjetë vjet burg. Atëherë nuk u mor vesh se si arriti ta bindte Sekretarin e Parë për të urdhëruar seksionin e arsimit t'i gjente një të drejtë studimi "djaloshit të prekur". U tha se bëhej fjalë për "një talent të shquar në fushën e matematikës, e partia është e interesuar t'i mbështesë talentet!". Pas disa vitesh, kur sekretari i parë qe transferuar, u mor vesh se udhëheqësi i pionierëve e kishte zënë njëherë me presh në duar: lakuriq në zyrë me gruan e ish-kryetarit të degës së punëve të brendshme. Në shkëmbim të heshtjes, udhëheqësi i pionierëve i kishte kërkuar atij të urdhëronte dërgimin në shkollë të lartë të "talentit të shquar në matematikë", i cili në fakt studioi për veterinari! Kështu ndodhte shumë shpesh. Vetëm në dy drejtime nuk gabohej kurrë në shkollën e lartë të oficerëve dhe në atë të drejtësisë. Aty gjithmonë dërgoheshin fëmijë nga familjet më të partishme të qytetit, interesant, edhe pse ishin më të dobëtit në mësime! Tre a katër prej tyre, që i njihja qysh në fëmijëri, qenë shquar veç për pashpirtësi. I mbaj mend, kur qemë në tetëvjeçare, se si dy prej tyre e kishin kapur një mace te plehrat e turizmit, se ku kishin gjetur dy kapsolla që i përdornin minatorët për të ndezur dinamitin, iu kishin shtuar nga një copë fitil dinamiti dhe, pasi i kishin futur në vrimën e pasme të maces, i kishin ndezur. Macja e lemerisur kishte vrapuar disa dhjetëra metra, pastaj qe hedhur në erë duke lëshuar një mjaullimë rrëqethëse. Ata i qenë afruar trupit të saj të copëtuar dhe qenë shkulur së qeshuri. Kurrë nuk mund t'i harroj ato të qeshura! Këta të dy, kur mbaruan gjimnazin, i dërguan me studime në juridik, do të bëheshin gjyqtarë ose prokurorë, ndoshta edhe hetues. Nja dy apo tre të tjerë qenë bërë të famshëm pasi në fëmijëri kishin qenë anëtarë të bandës së qenve. Një organizatë e fshehtë, siç u pëlqente atyre ta thërrisnin, e cila merrej me ekzekutimin e qenve të rrugës. Pasi i kapnin qentë e urtë dhe të uritur, i lidhnin dhe bashkë me ta niseshin te një vend që quhej Guri i Pulave. Aty, nën hijen e pemëve, mblidheshin dhjetëra fëmijë, ndërsa këta të organizatës së ekzekutimit të qenve zhvillonin një gjyq të hapur, në të cilin ia numëronin armikut të popullit, d.m.th. qenit, të gjitha të ligat që kishte bërë që nga dita që kishte lindur. E akuzonin për tentativë arratisjeje, organizim bandash të armatosura, lidhje me agjenturat e huaja, akte sabotazhi, krime kundër pushtetit popullor dhe njëri prej të treve kërkonte dënimin me vdekje! Dy të tjerët, që luanin rolin e gjykatësve, e miratonin me gjithë zemër kërkesën e prokurorit dhe pastaj skuadra e pushkatimit, djem më të vegjël në moshë, rreshtoheshin para qenit të lidhur dhe gjuanin me harqe, me thika, me gurë, me xhama, me gozhda e me çfarë të mundnin, derisa kafshës së mjerë i dilte shpirti e nuk nxirrte zë. Ata kanë kryer edhe ekzekutime të tjera më mizore; i lyenin qentë me benzinë vetëm në gjysmë të trupit, ua fusnin flakën dhe i linin ashtu të iknin; grumbull lehës e i lemerishëm zjarri vrapues. Varjet me litarë janë praktikuar ndaj qenve që kishin kryer "krime pak më të lehta". Në kësi rastesh vihej në spikamë "njerëzia apo humanizmi", mëshira dhe mirësia e gjykatësve. Tre nga këta, kur u rritën, u bënë oficerë, ndërsa një tjetër mësues i edukatës morale dhe politike në tetëvjeçare, ndërkohë që jepte edhe disa orë të veçanta marksizmi në një shkollë fshati. Që të gjithë këta shquheshin për përkushtim ndaj punës dhe për luftë të pamëshirshme ndaj armiqve, tipare që i kishin ngritur shpejt në karrierë. Ata nuk më njohin, pasi kam qenë pesë-gjashtë vjet më i vogël në moshë se ata. Kur takova udhëheqësin e pionierëve e i tregova për ato që po mendoja, ai më tha se kur të rritesha edhe pak do ta kuptoja më mirë se pse zgjidheshin njerëz të tillë për këso profesionesh. M'i rrahu shpatullat, duke më thënë se ishte më interesante të kërkonim strehën e Hafizes!

Nuk e gjetëm.

SKULPTORI OSE GDHENDËSI I VARREVE

Agim R. punonte në një ndërmarrje varrimesh diku në Zvicër si dekorator varrezash. Edhe pse merrej me të vdekurit, prapë se prapë jo rrallë puna e tij lidhej me profesionin e skulptorit. Pikturonte në letër gjithfarë lloj engjëjsh, figurash të përvuajtura, imitime ikonash e skenash biblike, të cilat i jepnin kënaqësi. Ua paraqiste modelet klientëve dhe kishte mjaft punë. Ëndërronte të kthehej një ditë, të ndërtonte një atelié të re në Prishtinë dhe t'ia niste nga e para punës, që kishte lënë përgjysmë, me një basoreliev gjigand, ku do të mundohej të përfshinte gjithë historinë e Kosovës. Qysh nga pellazgët e deri në pafundësi. Po, po, deri në pafundësi. Ai i kishte të qarta simbolet, figurat, linjat dhe detajet që do të përdorte për ta paraqitur pafundësinë. Madje ato i kishte më të kthjellëta në mendje sesa të sotshmen. Të sotshmen e kishte të vështirë ta konkretizonte në basoreliev. Detajet i thërrmoheshin sapo i krijonte me imagjinatë. Kishte diçka të shkërmoqshme në të sotmen e vendit të tij. Një substancë grimcuese i përshkonte projektet e tij, duke i shpërndarë si pluhur kozmik. Nuk gjente dot një fill të qëndrueshëm për t'i lidhur simbolet, unifikuar statuetat, vetëm një gjë i qe fiksuar në mendje: një gjarpër i madh, simbol i kaosit në mitologjinë e shumë popujve. Një gjarpër me dy koka, tmerrësisht petake dhe vdekshmërish helmuese. Por e sotshmja nuk është kaq e thjeshtë, një gjarpër e kaq. Nëse ky është simbol i kaosit dhe nëndheut, mbi dhe kishte njerëz që gjallonin e përpiqeshin, në qiell, veç diellit dhe hënës, yjeve dhe galaktikave, fluturonin edhe aeroplanët e Zotit të Tokës, aeroplanë që po ia bënin jetën skëterrë forcave të errësirës mbi tokën e tij. Pikërisht, gjarpri dikur kishte qenë simbol i fuqisë egjeane te Zeusit, që nga kthetrat e një shqiponje kish rënë në sheshin e betejës mes trojanëve dhe akejve. Kur luftëtarët i kishin thënë Hektorit të ndalonte sulmet e tij, pasi ajo qe një shenjë e Zotave, ai u qe përgjigjur: "Shenja më e mirë është të luftojmë për atdheun tonë!". Shqiponjat e qiellit të antikitetit ishin zëvendësuar me aeroplanët e NATO-s, gjarpri helmues, por i plagosur, me ideologjitë perverse të shekullit të njëzetë. Skulptori kishte bërë mijëra vizatime, skica, kishte hedhur linjat e dhjetëra detajeve dhe i ruante nëpër dosje të trasha me emra të çuditshëm, thuajse të koduar. Kjo ishte puna e tij e natës, punë që gjatë gjithë ditës e verifikonte me mend e me imagjinatë, që e përplotësonte me shënime të shkruara, me lexime. Ditën, jo rrallë i duhej të bënte edhe punë të tjera, përveç asaj të dekoratorit. Pastronte varrezën, ujiste lule, zhvarroste të vdekur të vjetër dhe varroste të vdekur të rinj. Pastaj, pranverës, kur të vdekurit e rinj zinin vend, ai ua rregullonte varret. Ua ndryshonte pllakat, zbukurimet, skulpturat, sipas kërkesës së familjarëve të tij. Për herë të fundit që kishte qenë në atdhe, kishte qenë në varreza për të varrosur babën dhe të birin. Ata qenë vrarë bashkë, "duke iu ikur masakruesve", i kishin thënë fillimisht. Krejt kodrina dukej e murrme nga numri i pafund i varreve të hapura mbi të. Korbat fluturonin ultazi. Kjo nuk qe një skenë e re, njerëzit qenë mësuar me rrugën e varrezave, me humbjen e të dashurve. Korbat qenë mësuar të rrinin mbi fshatra. Kafshët e vrara shpeshherë nuk varroseshin. Njerëzit e vrarë përrenjve e grykave shpeshherë gjendeshin tepër vonë. Nuk mjaftonin hoxhallarët për të marrë pjesë në të gjitha varrimet. Shumëkush hoqi dorë nga ceremonitë fetare. Gjindja grumbullohej sipas mundësisë. Më vonë, Agim R.-ja kishte marrë vesh gjithçka. I ati dhe i biri qenë vrarë nga vendasit, jo nga serbët. Në varrimin e babës së tij kishin ardhur shumë pak njerëz. U tha se aq pak njerëz nuk ishin parë në varrim të askujt. Për gjithkënd tjetër, shumë më shumë njerëz kishin guxuar të merrnin pjesë. Ai nuk pati kohë atëherë të pyeste se pse. Por e merrte me mend, njerëzit i trembeshin atyre dy-tre gangsterëve që kishin veshur uniformat e UÇK-së, po aq sa forcave serbe. Në fund të fundit, çfarë rëndësie kishte? Tashmë ai ishte i vdekur dhe nuk mund të numëronte ata që i kishin ardhur në varrim, as nuk mund t'i mbetej hatri me ata që nuk kishin ardhur. Ajo kishte qenë jeta dhe vdekja e tij. I ati, mësues, kishte qenë dikur anëtar i LKJ-së, si mijëra e mijëra shqiptarë të tjerë të Kosovës. E kishin braktisur atë parti në fund të viteve '80-të dhe i qenë bashkuar LDK-së. Për pothuajse një dekadë kishte punuar si mësues fshatrave për të mbajtur hapur shkollimin shqip, një lloj karshillëku ndaj regjimit, një mospajtim qytetar, siç thirrej nëpër gazetat që dilnin ditën për diell në mes të Prishtinës. Bënin edhe mbledhje ku flitej për mënyrat se si duhej të organizohej fshati, në rast të ndonjë sulmi. Kishin siguruar edhe një sasi armësh që i mbanin të fshehura për një ditë të keqe. Ai nuk deshi ta përziente veten, çuditërisht ndjehej larg, larg prej babës së vet, po aq edhe prej të birit. I dukej sikur ata kishin qenë bashkëmoshatarë, bashkëfajtorë, bashkëvdekatarë. Njëri i vjetër shtatëdhjetë vjeç, tjetri ferishte shtatë vjeç. I ati dhe i biri. Ai në mes i gjallë. I biri nuk kishte pasur fat të bëhej me fjalë. Kishte vdekur i ndershëm! Pa asnjë njollë në biografi. Kur vrasësit gjuajtën mbi gjyshin, ai u hodh për ta mbrojtur me trupin e tij. Dhe plumbat e përshkruan atë të parin. Vrasësit qenë justifikuar se s'kishin dashur ta vrisnin, por ai u kishte dalë para tytave të nxehta. Ai ishte fajtori! Kishte dashur të vetëvritej në oborr të shtëpisë së vet, mbi trupin e gjyshit. Ata që e kishin vrarë nuk kishin kurrfarë faji, ata ishin gjetur "rastësisht" në oborr të shtëpisë së huaj, të armatosur, "rastësisht" e kishin thirrur gjyshin e tij, "rastësisht" i kishin thënë eja me ne, pastaj "rastësisht" ia kishin shqiptuar ato fjalë shkurt dhe, sapo kishin ngrehur pushkët ja, ai, fëmija që hidhet mbi trupin e gjyshit!

DITARI

8 mars 1999

...Qysh ditën e parë na thanë se nuk lejohet që nëpër shënimet apo ditarët tanë, të shënojmë emra njerëzish apo vendesh. Mund të mbanim ditarë, por të koduara. Kjo sigurisht nuk do ta bëjë të lehtë mbajtjen e këtyre shënimeve. Vendi ku rrimë është mes malesh dhe dikur ka qenë qendër stërvitore universitare. Dy-tre kilometra në thellësi ka edhe një poligon qitje. Komanda është në një ndërtesë dykatëshe dhe duket e sapo lyer me gëlqere nga jashtë dhe brenda. Vetë s'kam qenë brenda asnjëherë. Zgjohemi në orën pesë të mëngjesit dhe deri në orën shtatë bëjmë stërvitje fizike. Mëngjesi deri në orën shtatë e gjysmë. Gjysmë ore pushim, pastaj fillojnë temat teorike. Jo ndonjë gjë e madhe. Mësojmë se si duhet të marshojmë, të komunikojmë me njëri-tjetrin, mësojmë fishkëllima, klithma kafshësh dhe cicërima zogjsh. Mbërthim-zbërthim dhe pastrim i armatimit personal, automatikë, pistoleta, granata ofensive, mortaja të lehta etj. Pesë minuta edukim kombëtar. Na lexohen disa hartime të dobëta, që nuk e di se kush i shkruan. Pastaj fillon stërvitja e vërtetë.

Një anglez që e thërrasin Gjon, i cili thuhet se ka luftuar edhe në Bosnjë, ku është plagosur, është shefi i stërvitjes së kompanisë tonë diversante "Delta". Në orën dymbëdhjetë mezi mbledhim shpirtin pas tre orësh stërvitje. Ai është një njëri mizor. Stërvitjen e drejton me pistoletë në dorë. Disave u ka rënë të fiktë shpesh herë. Ai gjuan me pistoletë afër veshëve tanë. Një ditë desh e mbyti përkthyesin e tij, i cili mbahet edhe si zëvendës komandant, pasi ky kishte përkthyer një komandë gabim, gjë që u mor vesh nga Rexi, një amerikano-shqiptar, njëqind e njëzetë e tre kg. Ky u ngrit në këmbë kur dëgjoi urdhrin në anglisht të Gjonit, kur u përkthye urdhri Rexi u shtri përsëri. Ndërkohë që të tjerët u ngritën. Incident banal. I mjaftueshëm që ne të shihnim se si iu vërsul anglezi zëvendësit të tij, duke i thënë të vetmen fjalë që dinte shqip: "Të vras!". Pastaj në anglisht: "I will kill You! I will kill You!". Idiot! Sot pasdite bëmë zvarritje nëpër ujë. Është një përroskë e imtë që shkon anash qendrës tonë stërvitore. Në një si punë vau, ku ka apo s'ka më shumë se katër gisht ujë, u futëm me zvarritje. Ai kishte montuar një mitraloz të lehtë në anën tjetër të lumit dhe as dhjetë centimetra mbi ujë, lëshonte pa prà breshëri plumbash luftarak. Ne na duhej ta kalonim atë zallinë pa e ngritur kokën nga uji. Jo një herë, njëzetë e pesë herë. Kur mbaruam, kullonim djersë dhe ujë. Na mësoi se si të ndiznim zjarr pa tym. Atë pak tym që dilte duhej ta shpërndanim me xhaketat tona. Na tha se nëse vëren tym, do të gjuante me mortaje bash në vendin ku ishim. Kur erdhi koha e darkës, tha se sot prapavijat tona nuk kanë mundur të sigurojnë ushqim. Kur gjithë të tjerët u drejtuan në mensë, ne na tha të përgatiteshim për një marshim nate tridhjetë kilometra. Akoma nuk na janë tharë djersët, as rrobat e lagura. Stomaku është bosh. Për katër orë bashkë me pajisjet do të na duhet të përshkruajmë tridhjetë kilometra! Në kompaninë tonë është edhe një italian, një maroken dhe një suedez, këta bashkë me nja katër-pesë shqiptarë të tjerë janë më të fortit. Shpesh ata na marrin pajisjet tona të rënda, për të na lehtësuar një copë rrugë. U kthyem rreth mëngjesit. Këmbët më janë bërë gjak. Vërejta se thoi i gishtit të madh më ishte futur në mish.

22 mars

Në infermieri punon një doktor i ri, i gjatë, me sy bojëqielli, e thërrasin Dr. Luani, si dhe një infermiere rreth të dyzetave, me këmbë të mrekullueshme. Doktori po ma nxirrte thoin, kur ia befi shef Gjoni. Më nxori për leckash e përjashta. Ndjeva se doktori u përla me të me copëza anglishteje, shqipeje dhe gjermanishteje. Gjoni nuk po fliste. Pas pesë minutash më kthyen prapë në infermieri. Gjoni erdhi pranë shtratit tim dhe më tha: "I beg your pardon!". I thashë që s'ka gjë, duke e garantuar se pas dhjetë minutash do të isha në rresht. Dhe ashtu ndodhi.

24 mars

Sot hapëm transhe. Nga mëngjesi deri në mbrëmje nuk i kemi lëshuar lopatat nga dora. Buka na erdhi në llogore. Kur dilte tokë e butë, Gjoni na e ndërronte vendin. Kemi thyer gurë me majë të lopatës për të bërë një pozicion mbrojtës. Në darkë na lanë të qetë, duke na thënë se kur ta dëgjojmë burinë e alarmit do të na duhej për pesë minuta të gjendeshim buzë përroit të veshur dhe me pajisje. Para se të flija i shkruajta një letër gruas time në Gjermani. Më ka marrë malli për të dhe për vajzën e vogël.

26 mars

Sot erdhi e ashtuquajtura Brigada e Atlantikut. Shqiptarë nga Amerika, Kanadaja, Argjentina, Australia dhe Zelanda e Re. Këndonin anglisht një marsh ushtarak. U pritën me shumë ngrohtësi. Pastaj një farë Gjeke, dyqind kilësh, e lanë të sistemonte uniformat. Ai u zemërua dhe kundërshtoi urdhrin. Pas pesë minutash u gjend në izolim. Kampi ynë ka edhe një burg ushtarak. Ne e thërrasim qendra e riedukimit. Çdo thyerje disipline apo urdhri dënohet me izolim. Gjyqi është i thjeshtë. Secili epror ka të drejtë të dërgojë ushtarët në izolim. Vendimi i tij diskutohet në mbrëmje dhe nëse nuk miratohet ushtari lirohet. Disa që bëjnë gabime më të lehta, psh, nuk arrijnë të plotësojnë detyrat, dënohen me pastrim të territorit dhe të banjave. Një ushtar australian volli katër herë duke i pastruar këto të fundit. Dr. Luani mendoi se ishte i helmuar dhe urdhëroi dy ditë pushim. "Sheet, I came here to fight, not to clean turkish toilets!".

Një shok i imi, i entuziazmuar nga prezenca e ushtarëve të huaj që kishin ardhur për të luftuar krah nesh, tha se UÇK-ja po shndërrohet në forcë ndërkombëtare.

"Mos u mërzit, ia ktheu dikush, se edhe serbët janë forcë ndërkombëtare, ka vullnetarë polakë, bullgarë ukrainas, rusë, kinezë, marksistë, norvegjezë, danezë, zviceranë dhe indianë.".

"Marksistë kemi edhe ne, më shumë se ata", tha shoku im dhe ktheu kurrizin. Në orën 8.30 dëgjuam "Zërin e Amerikës".

28 mars

Shoku im nga Kumanova u thirr sot në shtab dhe kur doli prej aty kishte hematoma në fytyrë. E pyeta se çfarë kishte, nuk më tregoi. Në drekë e pashë që e thirrën përsëri. Pesë minuta më vonë u dëgjua një krismë! Pas dy orësh mora vesh që shokun tim e kishin vrarë. Dikush tha se kishte kundërshtuar urdhrin, dikush tha një incident kishte ndodhur. Disa makina erdhën urgjent nga Tirana. Edhe një helikopter, prej të cilit zbritën njerëz me pallto të zeza të gjata. Trupin e shokut tonë e dërguan për ekspertizë në

Tiranë. Dikush më tha se e kishin vrarë vetëm për ato fjalët që kishte thënë mbrëmë për marksistët. E pamundur! Po si kishte ndodhur? Askush nuk guxon ta hapë gojën. Një hije e rëndë vdekjeje ka rënë mbi të gjithë trupat. Edhe Gjon anglezi duket i trishtuar. Ashtu i heshtur, herë pas here i rrëshqet veç një fjalë: "Fuck!".

Gjekën e liruan nga depoja dhe e nisën për në shtëpi. Ai tha se do të shkonte te një kushëriri i tij në Theth dhe bashkë me të do të hynte në Kosovë. I gjallë nuk kthehej në Amerikë pa luftuar pak për Kosovën. Kështu kishte thënë në komandë. Nga Kosova vijnë lajme shumë të këqija. Mijëra ushtarë dhe policë bashkë me makineri të rëndë ushtarake kanë hyrë në Kosovë vetëm ditëve të fundit. Njerëzit i ka zënë paniku. Shkiet e Kosovës kanë shkuar nëpër stacione të policisë dhe kanë marrë armë. Edhe ata që nuk i kanë pas marrë më parë. Pasdite ra shi i tmerrshëm. Në mes të tij na u desh të bënim "evakuimin e një spitali". Shumë prej nesh kanë mbajtur deri edhe dy vetë në kurriz për rreth nëntë kilometra, bashkë me pajimet, përmes shiut dhe baltës. Gjoni, thanë se, e kishte tharë një shishe uiski, për pesë minuta pas darkës. Dr. Luani që erdhi të mjekonte gishtin tim, tha se "Gjonit po i dhimbte plaga e Bosnjës". Duke dalë, shtoi: "Jo ajo e plumbit, ë!". Po cila atëherë? - desha ta pyes, kur ai i kërrusur e kapërceu derën e fjetores. Diçka më shtyp në kraharor. Ankth apo frikë?! Besoj se do të më kalojë shpejt.

FILMI HEROIK DHE ASISTENTI

Në të parën kafe të hapur në bulevardin qendror, u ul dhe porositi një çaj rusi. Dielli përvëlonte pa mëshirë rrugën e pluhurosur. Kalimtarët e rrallë nxitonin duke mbrojtur kokat me çfarë t'u gjendej me vete. Një plakë kishte vënë majë kokës një bukë të rrumbullakët misri, që nën rrezet e diellit shkëlqente si disk i artë. Ajo i solli ndërmend ikonat e një manastiri të vjetër ortodoks. Kur kishte qenë fëmijë, e kishte vizituar atë manastir bashkë me shokët e klasës. I qe dukur i freskët dhe i errët. Era e qirinjve iu duk sikur i erdhi majë hundës. Iu kujtua se atëherë kishte zënë hundën me gishta, gjë për të cilën qe rrahur çnjerëzisht nga mësuesi serb i historisë së Bizantit. Por kjo kishte ndodhur më vonë, kur qenë kthyer në klasë. Atje, ai qe ndalur para një ikone të një shenjti ortodoks, i cili i ngjante tmerrësisht me një serb që e kishte fqinj. Rrethi i verdhë që mbështillte kokën e figurës në ikonë, i kishte ngjarë me një diell të madh, të frikshëm, por gjithsesi me një diell të shuar, në perëndim e sipër. Plaka me bukën e kallamboqit mbi krye u kthye në bërryl të rrugës. Asistenti u ngrit nga çajtorja. Kur doli në krye të rrugicës e pa përsëri plakën e cila me një ekuilibër te përsosur, mbante bukën mbi kokë. Vetvetiu iu vu mbrapa. Pas pak ajo shtyu një portë dhe hyri në oborrin e brendshëm të një shtëpie të ulët. Edhe ai pas saj. U ndal për pak çaste dhe i hodhi një sy oborrit. I shkretëtirt, nën vapë. Gryka e një pusi bënte hije cilindrike mbi pluhur. U afrua. Bunari qe i mbyllur me çelës. Ndoshta është i helmuar qysh nga koha e luftës ose i ndotur nga ndonjë kufomë e kalbur në të. Plaka doli në derë dhe u nis drejt tij, duke e mbajtur kokën drejt. Vetëm kur ajo ishte pak hapa larg, vërejti se në vend të syve ajo kishte dy zgavra të errëta, të humnerta. Bëri një hap mbrapa dhe me pështymë të tharë mundi të nxirrte disa tinguj:

- Desha me pi një gotë ujë... nëse ju gjendet!
- Po, moj nanë, hajde bujrum!

Plakës nuk i ndryshoi asnjë muskul në fytyrë, veç u kthye mbrapsht dhe hyri në shtëpi. Pa ndonjë vështirësi të dukshme, gjeti çezmën, e hapi, mbushi një gotë dhe duke e pyetur "ku je?" ia zgjati. Ai e piu me fund, duke mos ia hequr sytë për asnjë çast gruas së moshuar. Ndërkohë ajo e kishte pyetur për emrin dhe se i kujt ishte. Asistenti i tregoi me një frymë. Ajo ra në mendime dhe pas pak tha se nuk i kujtohej kush me atë emër. Pastaj shtoi se kjo nuk kishte kurrfarë rëndësie. Ai i tregoi se ishte artist dhe se gjatë luftës kishte qenë ushtarë i ushtrisë çlirimtare.

- Qofsh shëndosh, nano! - uroi gruaja e verbër, pa ndonjë kureshtje të madhe. Sigurisht që ajo e dinte se çfarë pune bëjnë ushtarët, ajo u ngatërrua thjesht me këtë profesionin e fundit të asistentit, ndaj edhe i kërkoi shpjegime pak më të hollësishme.

- Thjesht hesapi, po bëjmë një film, duke u përpjekur ta risjellim në sytë e shikuesve edhe njëherë luftën, heroizmin e ushtarëve dhe të popullit tonë, si dhe barbarinë e ushtarëve të hasmit!

Gruaja e moshuar dha shenjë se e kishte kuptuar, edhe pse vet nuk do të mund ta shihte atë film kurrë. Ajo e kishte parë luftën me sytë e saj; ata ia kishin qorruar. Tashmë përjetësisht, deri në varr, i vetmi imazh që do të mbarte, ishte ai i luftës.

- Aty ishte një prift! Dikur ka qenë mësues... djali im e njohu, - filloi gruaja të fliste. - Ata rrotulluan gjithçka në shtëpi, mua më kishin lidhur, edhe djemtë, që të tre, pastaj nipat dhe mbesat na ishin mbështjellë nëpër këmbë. Të parët vranë djemtë, në sy të fëmijëve dhe grave. Pastaj gratë. Të vegjlit i panë të gjitha këto. Në fund i vranë edhe fëmijët. Unë isha e lidhur aty ku je ti! Pasi i vranë, ua nxorën sytë me brisk! Ai prifti i hidhte në një kavanoz me ujë njërin pas tjetrit. Pastaj ata m'i nxorën sytë edhe mua, për së gjalli! Mes britmave të dhimbjes, dëgjova priftin tek u thoshte ushtarëve: "Kanë sy të bukur shiftarët.". Qeshën dhe ikën, duke më lënë gjallë, kështu siç më sheh. Më kanë thënë se trupat e tre djemve, nuseve dhe shtatë nipërve e mbesave i kanë hedhur në bunar. Disa ushtarë të tjerë kanë ardhur para pak ditësh dhe i kanë nxjerrë. Unë ua përshkrova atë priftin, mësues dikur...! Ata ma dhanë fjalën që do ta fusin në burg, po ta gjejnë. Po ti, ti më the se ke punuar ushtar gjatë luftës; e njeh ti atë? Është i gjatë dhe i shëndoshë! Ka punuar mësues para do vjetësh. Para nja njëzetë vjetësh!

Zonja e vjetër kishte ngulur errësirën e gropave të zeza në vend të syve të saj, drejt e në kraharorin e asistentit dhe priste një përgjigje. Ky kish filluar të dridhej.

- Unë nuk kam se si ta njoh, sepse unë nuk jam nga Prishtina!

- Ti nuk e njeh, ti nuk je nga Prishtina, - përsëriti gruaja e moshuar.

Pastaj e ripyeti për emrin dhe mbiemrin, për fshatin e lindjes e nga i kishte dajat. Asistenti, me kokën të vënë mes duarve, iu përgjigj me imtësi, por si i përhumbur, me një zë gati të përvajshëm, çdo pyetjeje që i bëhej nga zonja e verbuar. Duke u ndarë me të, ai mallkoi veten, atë ditë me diell, çajin e rusit, luftën, paqen, filmin, regjisorin, madje edhe vetë kryetarin e partisë.

I HUAJI DHE UNË

Kosovari nuk qëndroi gjatë në qytet. Nuk pati pse. Atë ditë që unë po endesha nëpër rrënojat ilire duke lypur strehën e Hafizes, një kurth i lig qe thurur pas shpinës sime! Kosovari ishte takuar fshehurazi me Doruntinën. Fillimisht ai e kishte hapur bisedën për të me atë shokun e vet student, djalin e Ademit. Ky i fundit me studentin me këmbë të kthyera si kërraba dhe ky me një kushërirën e tij, që e kishte banesën afër Doruntinës. Babai i Doruntinës ishte larguar nga shtëpia pak para orës dhjetë, ndërkohë që disa nga vëllezërit dhe motrat e saj kishin qenë duke luajtur në oborrin e pasmë të barakës. Babi i studentit, Ademi, qe caktuar ta mbante sa më gjatë në një kafe babanë e Doruntinës. Nëna e saj kishte qenë në shtëpi, por nuk kishte vënë re asgjë nga komploti i organizuar. Kushërira e studentit këmbëkërrabë e kishte ftuar Doruntinën në shtëpinë e saj, ndërkohë që prindërit i kishin shkuar për vizitë te prindërit e këmbëkërrabës. Këta të fundit qenë instruktuar që t'i mbanin për drekë kushërinjtë e dashur. Kosovari qe futur së bashku me këmbëkërrabën në shtëpinë e kushërirës dhe pastaj ky i fundit kishte dalë bashkë me kushërirën. Ato që kanë ndodhur saktësisht brenda atyre dy orëve mes Kosovarit dhe Doruntinës, unë nuk i mora vesh të sakta asnjëherë. E marr me mend se Kosovari duhet t'i ketë thënë se kishte rënë në dashuri me të që sapo kishte dalë në skenë natën e shfaqjes dhe se qysh prej atij çasti nuk i qe ndarë mendja prej saj asnjë sekondë. Pastaj do t'i ketë treguar historinë e jetës së tij, që deri në ato çaste kishte qenë e eklipsuar nga tragjedia që i kishte ndodhur të dashurës së tij, një ish-studente e Universitetit të Prishtinë, e cila, pasi kishte dalë në rrugë bashkë me protestues të tjerë, qe arrestuar dhe kishte vdekur në burgjet e Serbisë nga torturat. Kjo "dramë" duhet ta ketë bërë të qajë Doruntinën, e cila do ia ketë kthyer që ai, Kosovari, nuk mund të gjente tek ajo një vajzë heroike, si ish-e dashura e vdekur, se ajo është një vajzë e thjeshtë, pak sentimentale, e brishtë dhe e lodhur nga emocionet e forta. Kjo do ketë qenë arsyeja e kundërshtimit të saj fillestar, që Kosovarit i ka ardhur rreth për bukuri, duke i premtuar një largim përfundimtar nga ajo gjendje pezullie dhe trishtimi, një jetë të qetë dhe pa halle diku në Perëndim, ku ai kishte një pjesë të familjes dhe të afërmit. Edhe pse e tërhequr nga një ofertë e tillë, Doruntina e dinte se asaj nuk i lejohej të kalonte kufirin dhe jo vetëm asaj. Kalimi i kufirit ishte tradhti dhe vetëm dyshimi se gjyshi i saj mund të mos kishte vdekur, por të qe arratisur, i kishte hapur shumë probleme familjes së tyre. Kosovari do t'i ketë thënë se i kuptonte fare mirë shqetësimet e saja, por ishte i sigurt se "një gjendje e tillë e punëve nuk do të zgjaste edhe shumë". Ai thjesht do t'i ketë kërkuar asaj që ta priste edhe një vit, e shumta dy. Pastaj gjithçka do të rregullohej. Doruntina nuk kishte se si t'ia bënte ndryshe, veç të priste. Derisa ajo kishte pranuar t'i hynte kësaj aventure me takime konspirative, sigurisht që e kishte vendosur që më përpara. Kur i ka ardhur radha Doruntinës të fliste për jetën e saj, ajo sigurisht që do të ketë treguar për vuajtjet e veta shpirtërore, problemet e rënda familjare e thesarin e vetëm: krenarinë për gjyshin e tretur në dëborë. Jeta e saj s'do t'i ketë bërë ndonjë përshtypje Kosovarit, por kur ka ardhur puna te gjyshi, ai i ka treguar edhe një histori tjetër rrëqethëse me gjyshin e vet, të cilën sipas tij e kishte treguar për herë të parë gjatë qëndrimit të tij në Shqipëri, por që në fakt e kishte treguar edhe te shtëpia e Ademit, pasi ajo përflitej tashmë në qytet. Gjyshin ia kishin masakruar serbët fill pas Luftës së Dytë Botërore, përbindshëm. Sipas të atit, gjyshin ia kishin lidhur në një pemë dhe me një sharrë druri ia kishin prerë fillimisht duart, këmbët, pastaj ia kishin sharruar edhe kokën. Ashtu dhjetëra copash, me gjakun e tij kishin shkruar në muret e kullës së tyre: Poshtë nacionalistët! Rroftë Serbia dhe komunistët! Pastaj e kishin urdhëruar babën e kosovarit dhe gjithë fshatarët e mbledhur që të mos guxonte njeri t'i fshinte ato shkronja cirilike nga muri. Askush nuk kishte guxuar. Ai vetë, Kosovari, kishte arritur të shihte dhe t'i mbante mend disa fragmente të atij shkrimi të tmerrshëm, të cilat vetëm vonë qenë fshirë nga shirat dhe erërat e lagështa. Doruntina do të duhet të ketë qarë. Emri im nuk kishte figuruar asnjëherë gjatë bisedës së tyre, edhe pse Kosovari do të duhej ta kishte pyetur nëse ajo kishte apo jo ndonjë marrëdhënie me dikë në qytet. Përgjigja e saj njërrokëshe: Jo! Unë as që bëja hije në perandorinë e saj.

Fillimisht kur mora vesh për takimin e tyre të fshehtë, pas disa muajve, u mbusha pezëm. Kosovari më qe dukur njeriu më i ulët në botë, një maskara e gjysmë që po përfitonte nga varfëria dhe ndjenja e izolimit të një adoleshenteje të pafajshme.

Atë vjeshtë, Doruntina shkoi në shkollë të lartë në një qytet tjetër në veri të Shqipërisë. Unë i shkruaja letra të zjarrta dashurie, për të cilat kurrë nuk mora përgjigje. Veç përgjigja që më duhej, nuk vonoi të më vinte. Ajo takohej gati çdo fundjave me Kosovarin, që i vinte nga Tirana. U dhashë fund letrave. Mbylla në një hon të zemrës të gjitha kujtimet për të dhe fillova të tregohesha mospërfillës ndaj saj. Ajo s'qe asgjë për mua, thjesht një putanë si e ëma, një degradim natyror i rrënjëve të gjyshit, një e sëmurë e maskuar psiqikisht, që nuk e ndanin shumë gjëra nga vëllezërit e vet me të meta mendore. Në fund të fundit, ajo më kishte braktisur përpara se të qe e imja, rrjedhimisht ajo nuk më kishte braktisur, pasi kurrë s'më kishte pasur. Kishim qenë dy bashkëqytetarë që po rriteshim bashkë dhe ashtu, në mënyrë iluzive, kishim, më saktë kisha krijuar idenë, se do të mund të gjenim edhe një lidhje shpirtërore. Kjo gjë nuk qe arritur dhe mua më duhej të pajtohesha me fatin. Deri këtu gjithçka ishte në rregull. Dakord, ajo mund të mos krijonte me mua asnjë lloj lidhjeje, as shpirtërore, as miqësore, as armiqësore. Por ajo duhej të fejohej e martohej me ndonjë djalë nga qyteti ynë. Kështu unë të paktën do të kisha mundësi ta shihja, ta kisha pranë; "diku në qytetin tim fle gjumë edhe ajo", ishte vargu i një poezie, që kisha shkruar për të para shumë kohësh. Kjo ndoshta do të më kishte mjaftuar përjetësisht. Unë qesh modest në kërkesat e mia, ndërsa ajo kishte shkatërruar çdo gjë! Më saktë ai. Kosovari i kishte bërë lëmsh të gjitha. Ai e kishte prishur disi edhe vetë legjendën e kufirit, ai nuk qe më i paprekshëm, i largët siç kishte qenë dikur. Jo, njerëzit mund të vinin nga ana tjetër e tij, madje edhe ne, "për një ose dy vjet gjithçka do të ndryshojë". Kjo mundësi ndryshimi kish filluar t'i kalbte rrënjët e imagjinatës sonë të përndritshme, edhe pse thellë në shpirt dëshironim që ajo legjendë e kufirit të mos kishte ekzistuar kurrë, ashtu siç po prishej, dukej se do të sillte më shumë probleme sesa do të zgjidhte. Ne qemë mësuar me të. Qemë çmësuar me bashkimin. Ndarja na dukej më e natyrshme. Në fund të fundit, me bashkimin do t'i vinte fundi gjithë legjendës së ndarjes, motra me vëllain nuk do të njiheshin më prej shenjës në shpatullën e Gjon Pretikës, ata do të rriteshin bashkë. Kjo nuk qe më e natyrshme, entuziazmi i fillimit do të shuhej shpejt, pastaj një prozë e keqe do të notonte mbi shpirtrat tanë të limontë. Ndarja na kishte bashkuar, bashkimi kish rrezik të na ndante. Kosovari i kishte premtuar Doruntinës që ose i gjallë, ose i vdekur do ta merrte. Kishte pak legjendë edhe në këtë premtim. Ndryshimi qe se askush nuk i besonte më të vdekurve. Ata qenë braktisur dhe veç Hafizja e çmendur ruante nderimin për ta. Kishim kaq vite që i lakmonim ata që kishin jetuar në vitet e para të ngjizjes së legjendës së ndarjes. E vetmja shpresë që mbante gjallë shpirtrat tanë qe ajo se njerëzit pas shumë vitesh, ndoshta shekujsh, do të na kishin lakmi ne, ne që e prishëm legjendën e ndarjes dhe ngjizëm legjendën e bashkimit. Veç një frikë tehehollë na i rruante kockat: a do të mund të krijoheshin legjenda në modernitet? Legjenda e fundit qe krijuar para njëqind vjetësh, por ndryshimet me atë kohë qenë më tepër se njëqind vjeçare. Madje ajo nuk qe shndërruar akoma në legjendë, pasi gjatë gjithë kohës kishte pasur shpresa se ajo qe veç një ngjarje historike, e cila shumë shpejt do të mund të zhbëhej. Siguria e Kosovarit, se "brenda një ose dy vjetësh gjithçka do të ndryshonte" qe një goditje vdekjeprurëse për legjendën. Doruntina i kishte premtuar Kosovarit se edhe e vdekur do t'i shkonte mbrapa. Në fakt, gjithçka kishte marrë fund. Ai, qoftë edhe i vdekur, do të vinte ta merrte, ajo, qoftë edhe e vdekur, do t'i shkonte mbrapa. Unë do të mbetesha aty, në embrion të krijimit të legjendës, të paktën të historisë lirike të dashurisë së tyre. M'u duk vetja i rëndësishëm, thjesht ngaqë qeshë pjesëmarrës i një procesi të tillë. Kisha të drejtë. Nuk janë të shumtë ata që ndodhen aty kur ndodh diçka. Sigurisht që të ndodhesh në vendngjarje, qoftë edhe si dëshmitar, je në një farë mënyre pjesëmarrës, madje krijues i ngjarjes, i faktit historik, kërthizës së legjendës së ardhshme. Kjo qe e mjaftueshme për të dëshmuar ekzistencën tënde, le të qe ajo periferike, pak rëndësi ka. Ata që nuk kanë qenë aty, nuk kanë ekzistuar.

Ai po ma merrte Doruntinën, por bashkë me të po merrte edhe emrin tim, pasionin dhe përpjekjet e mia për ta penguar atë ngjarje. Unë po hyja në legjendë i gjymtuar, pa gjysmën time që e kisha dashur e që isha rritur me të, po hyja në legjendë i sakatosur dhe vështirë se do të mund ta merrja veten edhe në mijëvjeçarin tjetër. Ndërsa ai po hynte i plotë, si simbol i bashkimit, si heroi i adhuruar. U ndjeva i poshtëruar, i fyer dhe i braktisur. E gjitha kjo kishte ndodhur për shkak të vizitës sime në rrënojat e kështjellës ilire, shëtitjes sime delirante në kërkim të strehës së një të çmendure. Po të kisha qenë në qytet, nuk do të kishte ndodhur ai takim i fshehtë, ajo grabitje e gjysmëvetes së ëndërruar, ajo gjysmë që kishte plotësuar një vete tjetër, deri atëherë të panjohur për mua, për ne.

MËSUESI I SERBISHTES

Bozhidar Savojeviç ishte shtatëdhjetë e pesë vjet. Që prej lindjes banonte në shtëpinë e të atit, një si vilë e vogël në rrugën kryesore të qytetit me emër Gjaku. Savojeviç kishte dhënë mësim pesëdhjetë vjet gjuhën e kombit të tij për nxënësit shqiptarë. Ai i njihte mirë të gjithë prindërit dhe fëmijët e tyre. E fliste gjuhën e tyre si të veten, shpesh më mirë se ata. Gjithë ditën rrugëve fliste shqip, madje edhe kur ndonjë shqiptar i fliste serbisht, kur sihte vështirësitë e tyre në atë gjuhë, kthehej e fliste shqip. Djalit ia kishte ngjitur emrin Gjergj. Vajzës Katrinë. Shumë shqiptarë në atë rrethinë kishin emra katolikë. Fëmijët e tij flisnin shqip. U rritën, shkuan në Beograd, studiuan dhe u martuan atje. Ai mbeti vetëm me të shoqen, me nxënësit e tij shqiptarë, me fqinjët e tij -komshie- siç e shqiptonin ata fjalën turke, duke e konsideruar si të tyren. Gruaja e tij, një serbe nga Bosnja, thirrej Kada, pasi e ëma ishte myslimane e Bosnjës. Bozhidari dhe Kada, kur krisi lufta, nuk ikën si shumë serbë të tjerë të moshuar, që i kishin fëmijët në Serbi, por qëndruan. Bozha doli shtëpi më shtëpi në lagjen e vet duke u thanë shqiptarëve se punët kishin shkuar aq keq, saqë gjithçka mund të pritej. Por prej tij asnjë e keqe nuk do t'u vinte komshive. "Besoj se as ju s'do të më bëni keq". Fqinjët shqiptarë, një mjek veterinar dhe një ish-zyrtar i gjykatës, pushuar nga puna në fillim të viteve '90-të e qetësuan Bozhen se prej tyre nuk do t'i vinte e keqja. Ngjarjet dhe lajmet e këqija s'kishin kohë të prisnin, e ndiqnin njëra-tjetrën si breshëri. Civilë serbë që armatoseshin, "albanci terroristi" që hynin nga kufijtë jugorë të krahinës, përleshje të përgjakshme në kufi, serbë të dhunuar nëpër fshatra, fshatra që të nesërmen zhbiheshin nga faqja e dheut prej artilerisë serbe, karvanë njerëzish që iknin, serbë që u zinin pritë dhe i ndanin burrat prej grave, fëmijët prej të rriturve, që ushtronin dhunime, përdhunime, dhunë dhe pushkatime, ushtarë me maska që sulmonin ndonjë patrullë të policisë apo ushtrisë serbe. Savojeviç u thërriste fqinjëve të tij mëngjeseve për t'u siguruar se ishin gjallë, dilte vetëm deri në çarshi për të blerë ndonjë send, nëse dikush kishte guxuar të dilte në pazar. Atje shiheshin pak e më pak civilë, aq më pak shqiptarë. Ndonjë katundar serb shiste ato që kishte plaçkitur në terr, ndonjë viç, dele, apo shpend, shiste ndonjë orendi të vjedhur me çmim të ultë, një furrë buke punonte prapë e ruajtur nga ushtarë serbë të ardhur nga larg. Savojeviç blinte çka i zinte dora, i tërhiqte me atë çantë-karrocë nëpër kalldrëme deri te shtëpia e tij. Fqinjët shqiptarë, të tmerruar prej frikës, e pyesnin se si po shkonte puna, se çfarë lajmesh kishte prej qytetit, se a kishte lajmërime vdekjesh nëpër drurë, nëpër mure dhe kush kishte vdekur. Ai u jepte ato lajme që i dukeshin më të përballueshme, u thoshte se qe hapur edhe një shitore më tepër, se filan dyqan qe djegur, se shtëpia e Ukëve qe djegur, por të zotët e saj kishin ikur, se në çarshi kishte pak e më pak njerëz, se, megjithatë qyteti do të furnizohej me ujë dhe me drita, stacioni elektrik dhe ujësjellësi ishin nën komandën ushtarake. Bozhja solli lajmin se dy ordinanca mjekësore, ajo e dr.Velimirit dhe dr. Jetonit, ishin të hapura dhe se të sëmurët mund të vizitoheshin gjatë ditës. Të plagosurit duhej të shkonin në spital, pasi fill pas mjekimit do të duhej të merreshin në pyetje. Kazermat e vjetra janë kthyer në burg, solli lajmin Bozhja, burgu i ri i qytetit nuk mjaftonte. Qytetin e drejtonte komandanti i Dragoljub Simiç, një ish-oficer i lartë serb, që kishte shërbyer edhe para viteve '90-të në qytet. Njerëzit e mbanin mend për rreptësinë që kishte treguar ai ndaj dezertorëve dhe për vendosmërinë e për të mobilizuar çdo të ri shqiptar në moshën e shërbimit ushtarak. Qe koha kur ushtarët shqiptarë të armatës jugosllave ktheheshin në vendlindje në arkivole të mbyllura plumbi, me të cilët edhe varroseshin. Familjet e tyre nuk kishin të drejtë as t'i hapnin. Simiç, përveç angazhimit ushtarak në krye të trupave që luftonin kundër "njerëzve të malit" - Bozhja e shmangte gjithmonë fjalën terrorist, që përdorej nga propaganda - po përpiqej të vinte rregull në qytet. "Sot u hap edhe biblioteka e qytetit", tha me nënqeshje Bozhja, duke shtuar se "ky sigurisht nuk është ndonjë lajm i madh për ju, pasi aty prej vitesh nuk ka më libra shqip.". Në mbrëmje, Bozhja kalonte herë gardhin e ulët me tela hekuri për të kaluar në shtëpinë e ish-nëpunësit të gjykatës, e herë murin me blloqe për të vizituar veterinerin. Sa herë shkonte te ky i fundit, e merrte me vete edhe macen. Pinin ndonjë gotë raki, flisnin për kohët e vjetra, kur shqiptarë e serbë nuk e kishin frikë njëri-tjetrin. Shqiptarët e përjetuan atë farë lirie të shkurtër nga fundi i viteve '70-të, kur për një kohë tmerrësisht të shkurtër hapën universitetin, akademinë, bibliotekën, shtëpinë e botimit, "Koha e artë e Titos, e Jugosllavisë së vërtetë socialiste", psherëtinte Bozhja, edhe pse e dinte se bashkëbiseduesit e tij shqiptarë, as për atë periudhë nuk ushqenin ndonjë farë simpatie. Veterineri i kishte thënë njëherë:

- Deshi Zoti e qe e shkurtër ajo kohë, se përndryshe do të na kishte gënjyer, do të na kishte verbuar e për pak do të kishim besuar se të jetosh në paqe me pushtuesin tënd është diçka e mundshme.

Bozha nuk e kishte zgjatur, veç si me buzëqeshje kishte shtuar:

- S'besoj që e ke fjalën për mua, unë s'jam pushtuesi yt.

- Ti s'je pushtuesi i kurrkujt, ti je i pushtuar si ne.

- Macja ime mjaullin shumë gjatë natës doktor! - tha Bozha.

- Ka frikë nga minjtë e kanaleve, që janë zgjuar para tërmetit. Të gjithë do të mjaullijmë, si ai personazhi i Kamysë te "Mortaja".

- Nuk më kujtohet ai personazh, - tha Bozhja duke u ngritur.

VENDI I SHENJTË

Për herë të fundit, Hafizja qe parë duke u kthyer nga vendi i shenjtë, nga kisha e ilirëve apo nga rrënojat e qytezës së tyre. Thanë se dukej e zbehtë si larë bore e fshehur në mjegull. Këndonte nën zë një këngë. Fjalët e saj flisnin për një kushtrim që kishte rënë në Kosovë e sipas të cilit "mirë paska luftue Peja me Gjakovë", pastaj përmendeshin plot emra qytetesh e krahinash të saj. Njerëzit u gëzuan që e panë prapë Hafizen. E dinin të vdekur, të pushkatuar. Pas arrestimit të saj për disa kohë, u fol se kishte qëndruar si heroinë para torturave të shokut S.S., të tjerë thanë se as që e kishte marrë njeri në hetuesi, e kishin harruar në fund të një qelie të papërdorur për ditë e javë të tëra, derisa e kishin gjetur një grusht eshtra të varur pas derës së qelisë në batanijen e vjetër të lidhur si qese. Tre krisma të thata që u dëgjuan një rreth mëngjesi në pyllin e gështenjave, i shtuan hamendjet se shteti e kishte pushkatuar Hafizen. Shtet i fortë - ia kishte marrë shpirtin një plake duke e pushkatuar. "Armiku s'ka moshë!", vërejti një vigjilent. Ishte njeri pa njeri Hafizja, por dhimbja për të ndenji me javë si njollë vaji në shpirtrat e të gjallëve të qytetit. "E shkreta", shfrynin plakat, "s'qe e keqja e askujt, pse duhej të vdiste ashtu e tretun birucave?!". Ata që thanë se e kishin parë, ata që e kishin dëgjuar këngën e saj, ngulnin këmbë se as nuk e kishin pushkatuar, pasi krismat ishin dëgjuar javë më përpara sesa ata ta shihnin Hafizen, as nuk kishte vdekur në qeli, pasi, vërtet e zbehtë dhe e përhënur si gjithmonë, Hafizja qe gjallë e mirë me shëndet, përpos mendve të kresë, për të cilat e shkreta kishte vuajtur gjithë jetën. Ashtu e veshur me rroba kombëtare, me hapin e lehtë dhe flokët e gjata, Hafizja nanuriste e herë këndonte pothuajse me zë të lartë: "Kur ka ra kushtrimi në Kosovë...!".

- E mori në qafë Kosova atë të shkretë, edhe në burg hyri për Kosovën!

- Në burg hyri për vepra armiqësore, se shkruante parulla nëpër mure! Gjithmonë e gjithkund gjendej nga një vigjilent revolucionar për të mos i lënë njerëzit ta qanin sipas qejfit, të përhënurën e ngratë.

- Varr për ta qarë s'la e shkreta. Veç në e qafshim tek Kisha e Ilirëve! - kish thënë Kunja, shitësja e bukës.

- Të çaftë ujku e mos të qaftë njeri! - i qe kthyer vigjilenti.

- Ta qiftë Kina nanën more mut muti!

Vigjilenti qe mbledhur si bolla nën rrasë. Me Kunen nuk i dilej matanë. Për Hafizen flitej gjithnjë e më pak. Vigjilenti përpiqej të mos i dilte para sysh Kunes. Bash në ato ditë, qytetit iu shtua një i marrë.

Zef K-ja. E gjetën duke prerë pemëtoren e fermës rreth mëngjesit, pasi kishte bërë rrah përtokë nja një mijë stupa molle. Disa forca policie, të ndihmuara edhe nga vigjilentët, e bënë zap Zef K-në dhe e nisën për në degën e brendshme. Pas disa ditësh, ashtu të lidhur pupzak, e nisën për në Elbasan, në spitalin me të njohur psikiatrik të atdheut. Flitej se ishte edhe një tjetër në një qytet bregdetar nga jugu, por aty akoma s'kishte përfunduar asnjë frymë nga qyteti ynë. Ose kishin "vdekur" rrugës, ose nuk ishin aq të rrezikshëm sa për t'i dërguar deri atje. Zef K-ja kishte shqiptuar vetëm këto fjalë:

- Fajin nuk e ka Hafizja, fajin e kanë mollët!

Dikush tha se kishte qenë Zef K-ja ai që kishte spiunuar Hafizen për punën e parullës për Kosovën tek Pallati i Kulturës, pas kishte shumë kohë që i qe vënë prapa, për të shpëtuar të bijën, Teutën, nga vardisja e Hafizes. Hafizja lesbike s'qe, por Zef K-së i qe fiksuar se ajo mund t'ia shndërronte të bijën, madje edhe të shoqen, e cila ishte aq e ndershme, saqë vetëm me të shoqin nuk flinte në qytet. Të tjerët të gjithë e kishin provuar nganjëherë. Teuta iku tek xhaxhallarët në malësi, duke e lënë të ëmën qyqe të vetme. Katrina K. shkëlqeu për disa kohë si grua e lirë, e pa burrë, por shpejt rrëshqiti në hije, as foli kush për të, as ajo s'bëri që të flitej rreth saj. Por pa një të marrë nuk shtyhej jeta. S.S-ja doli në pension dhe vendosi të jetonte mes qytetarëve të tij të dashur, mes atyre që i kishte ruajtur nga ndikimet e jashtme, nga armiku i brendshëm, nga sindromi i degradimit të rendit shoqëror. Edhe pse dilte rrallë, për të flitej shpesh e më shpesh. Kish zëra që thoshin se S.S-ja kalonte kufirin, rrinte disa net tek disa baza të vetat apo të shtetit në Kosovë e kthehej prej atje pa i hyrë ferrë në këmbë. Në një prej këtyre ekspeditave patriotike, thuhej se S.S-ja qe djegur në mes të Gjakovës. Në një kafe me njëzetë-tridhjetë vetë brenda, qe gjendur ballë për ballë me Hafizen. Gruaja e çmendur qenkësh arratisur në plotë kuptimin e fjalës. As pat vdekur në qeli, as qe pushkatuar me tri krisma të thata në një mëngjes tetori në pyllin e gështenjave, thjesht i kishte hipur këngës së saj me kushtrime për Kosovën dhe kishte kaluar kufirin shtetëror. Autoritetet policore të vendit e kishin "legjitimuar"; ajo kishte folur përçart dhe ata e kishin lënë duke e konsideruar si ndonjë të marrë të zbritur nga fshatrat përreth. Si hije gri, një grua pesëdhjetë kilogramshme, qe dukur fort e parrezikshme për ushtrinë jugosllave. Hafizes i qenë afruar edhe vendasit, e kishin pyetur për Shqipërinë, se si ishte Shqipëria! "Mut!" u kish thënë ajo e ata nuk iu afruan më. Ashtu si në qytetin e saj të lindjes, endej qyqe e vetme nga mëngjesi në darkë, rrugë më rrugë, shpesh edhe fshatrave përreth, duke kërkuar tashmë jo më një kishë, por një hero! Heronjtë në atë kohë nuk dilnin sheshve të Kosovës. E gjendur ballë për ballë me S.S-në dhe me dy oficerë të SUP-it, njëri shqiptar e tjetri serb, Hafizja kishte klithur:

- Ti korb i zi? Ti send! Ti e di ku shtrihet Kosova?

Ta kam thënë njëherë: po ta them prapë. Shtrihet në dhe të zi, në varr shtrihet! Tek koka një gur me emrin Beligrad, tek këmbët një tjetër me emrin Tiranë, mes tyre shtrihet Kosova, njerëzit, liria e saj.

Shqiptari i SUP-it thirri dy civilë, që e morën Hafizen përkrahësh. Serbi i SUP-it mori shokun S.S. në veturën e tij dhe u zhduk pas kthesës. Këto u morën vesh shumë vonë, atëherë kur sistemi shoqëror në Shqipëri e theu qafën. Për S.S-në u tha se s'do të jetonte më në mes të qytetarëve të tij. "U largua me kujtimet më të bukura, me respektin më të lartë për qytetin tonë!", u përlot një ish-zagar i tij.

"U largua pasi i thashë që po të të shoh nesër në qytet do t'i qi gjith robt e shpis! Të përbrendshmet do të t'i bëj kukurec te klubi i Hasan D-së, për të ushqyer zagarët e tu! Njëri prej të cilëve je ti!", iu kthye ish-zagarit të shokut S.S., një burrë nja tridhjetë e tri vjeç, me shpatulla të gjera e me flokë me dredha të shkurtra.

Qyteti kishte hyrë në një epokë shumë të rrezikshme, por edhe shumë të gjallë. Qetësia e varrezës kishte marrë fund.

DITARI

24 prill

Sot, pas dhjetë vjetësh shkela në tokën e Kosovës, kur kam ikë, kam pasur me vete vetëm një fletore me vjersha dhe një stilolaps, dhe kam qenë vetëm. Sot po kthehem i armatosur, qindra shokë janë me mua. Pranvera e ka përqafuar gjithë Rrafshin e Dukagjinit. Herët në mëngjes, kur zbardhi dita, i pamë shtëpitë e fshatrave të para. Disa prej tyre nuk kanë qenë para dhjetë vjetësh, kur e kam kaluar kufirin. Ajri është i freskët dhe i hollë, megjithatë ndjehet një erë e lehtë shkrumbi e baroti. Ndoshta u vjen edhe rrobave të mia. Shumë prej nesh bënë veprime të çuditshme, emocionale; dikush qau, dikush puthi dheun, dikush i merrte erë dushkut dhe barit të njomë, dikush nuk e ndali dot klithmën e gëzimit, thua se nuk po hyjmë për të luftuar, por për të festuar. Megjithatë është e kuptueshme, shumica prej nesh janë larguar nga Kosova para dhjetë-pesëmbëdhjetë vjetësh. Tani po kthehemi për ta çliruar, nëse nuk mundim ta çlirojmë të paktën do t'i dëshmojmë se e deshëm më shumë se jetën. Është shumë e trishtueshme të vdesësh, sidomos tani, kur çlirimi i saj na duket se është i pashmangshëm. Si do të jetë Kosova e lirë, pa shkie, si do të gëzojnë njerëzit, toka, qielli, gjithçka? Në fund të fundit, a do të dimë ta vlerësojmë lirinë? Do të ishte më mirë të vdisja sesa ta shihja Kosovën time duke mos ditur se çka të bëjë me lirinë e vet. Ka ndodhur shpesh, shumë popuj nuk e kanë vlerësuar lirinë, shumë popuj e kanë parë atë si një mall të pavlefshëm, që mund edhe ta shpërdoronin. Të mësohesh me lirinë, kur të ka munguar për shumë kohë, është po aq e vështirë sa të jetosh nën robëri. Nën robëri jeta mund të jetë edhe e ndershme, nëse i reziston robërisë, nëse çdo ditë bën diçka kundër saj, po ashtu edhe në liri, duhet çdo ditë të bësh diçka për ta mbrojtur atë, për ta bërë më të bukur, më të kuptimshme. Anarkia është më e keqe se robëria. Liria është një segment mes këtyre dy skajeve. Ruajtja e ekuilibrit mes këtyre dy skajeve është misioni më i shenjtë i një populli, pasi, siç thuhet, liria më kollaj fitohet sesa mbrohet.

26 prill

Para se të niseshim bëmë betimin. Komandant Gjoni na ka thënë se jemi bërë ushtarë profesionistë. Unë bëj pjesë në një batalion elite. Misioni ynë është kryesisht të kryejmë akte diversioni në prapavijat e armikut. Gjoni na ka thënë gjithashtu se edhe ushtarët e armikut janë profesionistë. Madje shumë prej tyre kanë edhe përvoja të çmueshme lufte. E di që nuk është mirë të pyes kështu, por a mund ta fitojmë ne luftën kundër tyre? Ja një përgjigje e mundshme:

"Ne e fitojmë luftën, jo se dimë të luftojmë, por dimë se për çfarë luftojnë; ata e humbin luftën pikërisht për të kundërtën. Ka dy lloje ushtarësh në këtë botë, ushtarë që dinë të luftojnë, por që jetën e kanë të shtrenjtë, dhe ne që nuk dimë të luftojmë, por që e kemi vdekjen shumë të ëmbël, pasi jeta jonë është e pa vlerë, pasi është nën pushtim, nën skllavëri. Ndaj fitojmë ne, se e befasojmë kundërshtarin tonë profesionist me veprimet tona të marra, veprime të marra, por që atij i shkaktojnë vdekjen. Kam parë ushtarë profesionistë të armikut duke qeshur me gomarllëkun tonë, ata qeshnin, por ne i vrisnim. Edhe ata na vrisnin, por për ne nuk kanë rëndësi humbjet, për ne ka rëndësi veç fitorja.".

Shënim pa datë

Shtabi i përgjithshëm i një katundi jo që nuk e njihte shtabin e përgjithshëm të katundit tjetër, por ia kishte rrahur mirë. Kështu bëjnë gjithmonë ata të katundit tjetër, gjithçka që bëjnë nuk e bëjnë se u duhet, por e bëjnë nga inati ynë. Ne e kishim të parët shtabin e përgjithshëm, pse duhet të bënin edhe ata? Veç kur vinte puna për të luftuar, ushtarët e të gjithë reparteve të partive të vendit, luftonin e derdhnin gjak, edhe të vetes edhe të armikut. Luftë, shok i dashur, luftë, dikush majmet, dikush vdes për një lugë kos. Dikush gjuan fishekë gjithë natën e gjithë ditën, aq sa ka bërë që të arratisen edhe zogjtë e malit, dikush tjetër nuk e ka një fishek për të vrarë veten, që të mos shohë se si ia përdhunojnë gruan dhe vajzat! Luftë, shok i dashur, luftë! Kallamboqi i pjekur ndahet me kokrra barabar, ndërsa morrat shkunden me rrfatë. Nëse merr pjesë në varrimin e fëmijëve të tu, shkuan edhe fëmijët e vëllait, të kushëririt apo fqinjit. S'ka kush kohë të bëjë orë politike e për të kallëzuar se sa e rëndësishme është të luftohet heroikisht kundër armikut barbar, i cili po na vret nënat, motrat, fëmijët. Rusët dhe kinezët janë kundra luftës sonë. Edhe indianët. Bëj llogari, vëlla i dashur, një miliard e një çerek kinezë, plus njëqind milion rusë, plus tetëqind e pesëdhjetë milion indianë, mbi dy miliardë kundërshtarë kemi, shtoju atyre edhe ata që nuk dalin në skenë, gati tre miliardë. A mund të luftojnë dy milionë me tre miliardë? Në luftë nuk shkohet për të bërë matematikë, por për të luftuar - thuhej. Nëse thua dy milionë, ke harruar pjesën më të rrezikshme, ke rrafshuar kontradiktat klasore mes gjirit të popullit tonë. Këta armiqtë e klasës pse nuk po i llogarit në anën e armikut? Kështu, nga dy milionë, ne i bie të mbesim një milion. Gjysma e këtij milioni janë gra, gjysma e atyre që mbesin janë fëmijë të moshës nën njëmbëdhjetë vjeç, gjysma e asaj stërgjysmës janë jashtë shtetit, gjysma e gjysmës së stërgjysmës nuk janë të brumosur sa duhet, kështu që, në fakt, i bie që kundër armikut tonë shekullor po luftojmë vetëm ne. Po kush janë këta që bëjnë matematika të tilla shfarosëse, nga mbinë në krye të ushtrisë? Për çfarë e dinë veten këta gangsterë?

SKULPTORI OSE GDHENDËSI I VARREVE

Agim R. e mbante mend me detajet më të imta ditën kur qe larguar, i kërcënuar me vdekje, nga Kosova. Iu kujtua se si duke ikur buzës së një përroi i kishte shkarë këmba mbi një kërmill dhe ishte rrëzuar në mes të ujit. Ashtu i lagur kishte udhëtuar për orë të tëra, derisa kishte mundur t'i afrohej kryeqytetit. Aty, me veturën e një mikut të tij, i ishte afruar kufirit me Maqedoninë dhe për pak sa nuk kishte rënë në një fushë të minuar. E kishte shpëtuar një djalosh rreth të njëzetave, që mbante një pushkë të vjetër dhe një palë pantallona ushtarake. Ai e kishte marrë me vete, i kishte thënë se qe luftëtar i lirisë, i qe prezantuar me emër e mbiemër dhe e kishte dërguar në një stan të ulët, në një pllajë mali. Fillimisht Agim R. kishte pasur frikë, se mos ata që ia kishin vrarë të atin e të birin donin tashmë të lanin hesapet edhe me të. Megjithatë, djaloshi iu duk i padjallëzuar dhe i çiltër. Tepër e vështirë që pas tij dhe mënyrës së sjelljes të fshihej ndonjë hile. Djaloshi i tregoi rrugës se e kishte një vëlla në Gjermani. Se ai bashkë me shokët kishin dërguar mijëra marka ndihma, por që në fakt nuk mjaftojnë.

- Ata që janë në anën tjetër të frontit, janë jashtë mase të armatosur. Ne kemi vetëm armatim të lehtë, megjithatë diçka do të bëjmë. Qeveria na ndihmon, por ndihmat e saj vijnë me vonesë, pengohen, shpeshherë shokët tanë kanë rënë në prita. Kanë humbur jetën, armatimet dhe mjetet e tjera. Dikush i spiunon diku. Në anën tjetër të kufirit, më kanë thënë se është mbushur vendi plot me komandantë, të cilët më shumë harxhojnë kohë e energji për ta bindur njëri-tjetrin se cili është më i zoti, sesa ndihmojnë drejtpërdrejt. Sigurisht edhe shërbimet sekrete të vendeve të huaja i fusin hundët në çdo gjë, shumica prej tyre nuk janë miqësore ndaj nesh.

Agimi po dëgjonte me vëmendje dhe veç nga fundi, kur djaloshi i kërkoi të ndalej buzë një përroi, sa të merrte autorizim për ta ftuar në bazën e tyre, nëse do të mund ta merrte, e pyeti:

- A ke luftuar ballë për ballë me pushtuesit?
- Disa herë, - iu përgjigj djaloshi.
- A ke pasur frikë?

Ushtari ia nguli sytë e butë dhe pas pak tha:

- Po, në fillim. Pastaj u mësova!
- Po a mësohet njeriu me vdekjen? - pyeti prapë Agimi.
- Me cilën vdekje? Me atë të armikut, tënden apo të shokëve të tu?

Kjo kundërpyetje e gjeti në befasi Agimin. Nuk po dinte se cilën prej tyre të zgjidhte. Pyetja e tij kishte qenë më e thjeshtë! Ai kish dashur të dinte se si i duket njeriut kur vret apo kur e vrasin. Djaloshi u përgjigj, pa e lënë më gjatë të mendohej:

- Kur të vdes shoku që ke në krahë, është gjëja më e tmerrshme. Djalit të axhës ia kam parë zemrën përjashta duke i rrahur. Ra në një minë, e cila e bëri copë-copë. Po ashtu skurrjeli i gjakut që rridhte nga balli i një burri nga fshatrat e fushës, i cili ka qenë në të njëjtin pozicion me mua, nuk më hiqet kurrë nga mendja. Ia vura pëllëmbën e dorës mbi ballë për ta ndalur; qe e pamundur, presioni i gjakut mundi të m'i hapte gishtat. Jam lyer me gjakun e tij. Prapë kam tentuar edhe njëherë. I vura një top fashoje, që pas pak sekondash u shndërrua në sfungjer të ngimë me gjak. Kur po përpiqesha për herë të tretë, për ta ndalur atë krua gjaku, vërejta se ai qe shtjerrur dhe balli i shokut tim kishte filluar të ftohej. Me këtë lloj vdekjeje është e vështirë të mësohet njeriu. Sa për atë të armikut dhe timen personale, ajo është gjë e lehtë. Armikun nuk e shoh duke vdekur, të paktën deri më sot nuk më ka ndodhur. Vdekja ime, s'ma merr mëndja që do të më bëjë përshtypje, pasi sigurisht që nuk do të kem kohë të mendoj për të.

Pas këtyre fjalëve, ushtari u nis nëpër faqen e pjerrët të një kodre dhe u zhduk në pyll. Pas pak u dëgjua një vërshëllimë, edhe një tjetër, pastaj heshtje. Diku larg dëgjoheshin të shtëna topash. Zhurma e tankeve vinte si një drithmë toke, si një vuajtje e brendshme, e padukshme. Agimi u shtri në barin e njomë, duke pritur rikthimin e ushtarit. I lodhur siç qe, filluan t'i mbylleshin sytë, shushurima e gjetheve, gurgullima e ujit të përroit dhe fjalët e sinqerta të atij luftëtari të ri ia ëmbëlsuan pak shpirtin, iu duk se jo gjithçka ishte aq e keqe. Kjo ndjesi i zgjoi fantazinë. Në basorelievin e madh që kishte skicuar në kokë, në hapësirën e së tashmes në Kosovë, do të skaliste zërin e atij djaloshi, paqësor, të qetë, të vendosur dhe të ëmbël. Po zëri i tij vlente të gdhendej, pastaj ajo zemra e kushëririt të tij që rrihte edhe pasi ishte shkëputur nga kraharori, ajo rrahje zemre në bar, në barin e Kosovës, ishte një detaj i jashtëzakonshëm, bashkë me gurrën e gjakut të burrit të vjetër, me burimin e gjakut që s'ndalet së derdhuri mbi bar. E tashmja e Kosovës kishte mijëra detaje që prisnin të skaliteshin prej tij. Ato që po ndodhnin në Kosovë lëviznin me një shpejtësi marramendëse, nuk qe e lehtë të kapje fillin e një ngjarjeje, degëzimin e tjetrës apo përfundimin. Pasi ato përziheshin, siç përzihen fjollat e mjegullës nëpër kreshtat e Bjeshkëve të Bekueme, merrnin forma nga më të çuditshmet, papritmas dukeshin si kuaj të egër, të hirtë në turravrap të çmendur, pastaj si petalet e krahëve të zanave merrnin ngjyrat e ylberit prej ndonjë lare dielli të fshehur, humbnin lugshtinave e shfaqeshin thepave, kreshpëroheshin si shpirtra të trazuar të të vdekurve të parehatuar. Mbrëmjeve, në të perënduar të diellit, përgjakeshin nga rrezet e përflakura edhe pse të ftohta, të ngrira nga borërat dhe akujt e përjetshëm të majave. Mëngjeseve merrnin turr si kuajt e bardhë të kreshnikëve të

Jutbinës, për të pushtuar sa më shumë kulla, fshatra e qytete të Rrafshit, kah mesdita duke dihatur prej lodhjes tërhiqeshin përsëri në banesat e tyre n'skaj të qiellit. Vendin e tyre e zinin re të zeza tymi nga bombardimet e serbëve, gjuhë flakësh që nuk shuheshin për jave të tëra, nga zagushia mbytëse e pasdites dhe pëllitjet dhe bulurimat e tjera të bagëtive që vriteshin fushave, duke ikur si të trenta. Shkëmbime të shpeshta krismash automatike. Makina që rendnin me shpejtësi marramendëse dhe karvanë të pafund njerëzish, që endeshin nga njëri fshat në tjetrin. Zetora, kuaj, gomerë, vetura, qé, kamionë, karroca të tërhequra dhe të shtyra nga njerëz, pleq të gjymtuar që mbarteshin në kurriz mbështjellë në batanije, qilima, çarçafë, fëmijë me këmbë të zbathura që tërhiqeshin zvarrë pas fustaneve të grisura të nënave të veta, njerëz që pas çdo kilometri hidhnin diçka të tepërt nga ato më të domosdoshmet që kishin mundur të merrnin, deri sa së fundi hidhnin edhe fotografitë, dokumentet, gjysmën e rrobave të trupit, stolitë, lëkurën e trupit, vetveten, gjithçka, gjithçka...! Në Kosovë po zhbihej gjithçka, edhe gurët e themeleve digjeshin nga zjarri, pemët priteshin me gjithë rrënjë, të mbjellat shkretoheshin, lumenjtë e burimet shtjerreshin, puset helmoheshin. Trena të zymtë, të stërmbushur niseshin për në... Ku? Aushvic? Më keq akoma, në Bllacë. Në tokën e askujt, as të krajlit, as të mbretit, as të armikut, as të mikut, mes tytash cirilike. Aty, në një rrip toke, mes qiellit dhe dheut të zhuritur. Njerëzit pinin lotët e njëri-tjetrit për të shuar zhaurimën e shpirtit, për të ujitur kujtesën. E vetmja bimë që rritet në kripën e lotëve është kujtesa. Nëpër trupin e dobët të së cilës mbijnë filizat e urrejtjes dhe të hakmarrjes. Njerëzit uronin të mbesnin gjallë jo për të jetuar, por për t'u hakmarrë. Ishin të paktë ata që këtë zeje të vjetër të njerëzimit do të donin t'ia linin përsëri në dorë Zotit. Zoti i kishte prerë në besë! Ata i qenë lutur 1999 vjet, gjithfarë Zoti, të të gjitha feve, i ishin lutur edhe Zotit të tyre të urtë, Zotit që u bënte thirrje për durim, vetëpërmbajtje; askush, asnjëri prej tyre nuk i kishte dëgjuar! Ndjeheshin të braktisur përfundimisht, veç me shpirtin e vet. Zoti kishte ikur, e kishte braktisur botën fill pas krijimit. Cili krijues nuk do ta braktiste krijesën e vet aq të rrezikshme, aq të papërsosur? Disa që kishin vendosur të rezistonin, qenë pak e të shpërndarë, të armatosur dobët e të përçarë, u qe shpifur edhe njëherë shpifa e kuqe bolshevike, që hante më shumë krena shqiptarësh sesa armiqsh, zatën mu për atë shkak edhe ishte shfaqur mbi glob, për të shfarosur popujt e tjerë jo sllavë.

Agim R. i kishte dëgjuar këto fjalë nga i ati e zuri të mendonte: "Ai s'kishte qenë kundër luftës; ai kishte qenë kundër asaj lufte që i shkakton vdekje vetëm shqiptarëve, kundër luftës për të tërhequr vëmendjen. Sigurisht që me asi luftëtarësh që kishte parë, ai kishte menduar se edhe liria e sjellë prej tyre do të ishte e pavlefshme, liri e dhunshme ose dhunë e zëvendësuar me një tjetër. Ndoshta im atë e ka ekzagjeruar influencën e atyre njerëzve, por s'ka pasur faj, i ka njohur gjithë jetën se sa të ligj kishin qenë, se sa ligësi kishin bërë bashkarisht me ata, kundër të cilëve tashmë kishin vendosur të luftonin! Disa prej tyre i mbanin me krenari akoma uniformat që ua kishte dhuruara UDB-ja prindërve të tyre ose atyre vetë, uniforma që i vishnin dikur në ditët e festave të vëllazërim-bashkimit jugosllav. Po përpiqeshin të shpërlanin të kaluarën e vet, të familjes dhe të fisit. Tashmë kishin veshur xhaketa me lara, pantallona xhinsi, atletike ose triko me portrete të këngëtarëve rrep, pantallona me lara e këpucë dimërore të ushtarëve zviceranë, blerë diku nga ndonjë emigrant. Megjithatë ata ishin pak, madje kishte fjalë se ata nuk ishin nën komandë të kurrkujt, veç gënjenin se ishin njësitë të këtij apo atij shtabi operativ, sajonin emra komandantësh me pseudonime të frikshme, zoologjike. Por ja, në anën tjetër, ky djalosh i imtë me një pushkë e me vdekje në gji, i bënte roje vendit të vet. Kish vendosur të mos priste në derë të shtëpisë, të mos përqurrej pas gardhit, por të vdiste ashtu si ia lypte ndera e vet, ashtu siç ndoshta i kishin vdekur edhe të parët, me armë në dorë, duke e kundërshtuar pushtuesin, duke mos u pajtuar me të, duke mos pranuar as grada, as dhurata prej tij.".

Në fund të kodrinës ia dha prapë djali me armën krahut. Tundi dorën si ftesë. Agimi zbriti ngadalë kodrinës së zhveshur dhe hyri në pyll. Disa qindra metra në grykë të një përroi ngrihej ndërtesa e një rezervari uji të braktisur. Aty strehoheshin ushtarët e UÇK-së. Qenë mbi njëzet vetë, të rinj e të moshuar mbanin në krahë simbolin e ushtrisë së frikshme, anëtarët e së cilës, larg në një fshat tjetër të Kosovës, i kishin pushkatuar të atin dhe të birin. Njëri dukej pak më me autoritet se të tjerët; e thirri Agimin mënjanë, pasi u përshëndet me të tjerët:

- Mora vesh që je artist dhe ke humbur rrugën. Artistët e humbin rrugën edhe në kohë paqeje, lëre më sot.

- Ai ushtari juaj më shpëtoi jetën...

- Prandaj jemi në mal, prandaj luftojmë, që t'ua shpëtojmë jetën atyre që s'dinë ose s'kanë mundësi të mbrohen! Për ku je nisur?

- Për në Maqedoni, Greqi e Zvicër nëse mundem!

- Rrugë të gjatë paske. Po ku ke qenë! Nga po vjen?

- Varrosa babën dhe djalin në fshatin M., pastaj arrita në Prishtinë. Tash jam rrugës për të ikur!

Burri, që dukej se komandonte atë grup të vogël ushtarësh, e këqyri Agimin në dritë të syrit dhe, duke mbështjellë ngadalë cigaren, e ngushëlloi për humbjen e njerëzve të dashur. Pastaj tha dy-tri fjalë për një shtab emergjence të krijuar në Zvicër, duke e pyetur nëse kishte njohje me ata njerëz. Diçka kishte dëgjuar. Qe krijuar një shtab i përzier me njerëz të LDK-së, të LPK-së, të pavarur, që përpiqej të mblidhte fonde. Pastaj një ngatërresë kishte ndodhur, pas vrasjes së tre ushtarëve që po transportonin ato fonde drejt Kosovës, njerëzit e LDK-së ishin larguar fare prej fondit. Ata nuk ua kishin besën njerëzve të LPK-së. Këta silleshin nëpër Tiranë me oficerë të lartë të ushtrisë dhe shërbimit sekret shqiptar, duke nxjerrë qindra pengesa për luftëtarët e lirisë. Kishte arritur puna deri aty sa njerëzit e tyre të viheshin si roje në dalje të trageteve e t'i pyesnin djemtë e rinj që vinin nga Perëndimi e që përmes Shqipërisë hynin në Kosovë, se anëtarë të cilës parti ishin. Nëse ata thoshin të LDK-së mënjanoheshin, ktheheshin mbrapsht ose dërgoheshin nëpër kampe speciale "stërvitore" në Shqipëri. Këto e shumë të tjera, Agimi i kishte dëgjuar nga disa të rinj të Rrafshit të Dukagjinit, që jetonin në të njëjtin qytet me të në Zvicër. Pastaj tha se kishte marrë vesh se një marrëveshje qe firmosur në Oslo, mes fraksionit të LPK-së dhe qeverisë.

- Ne që shitemi si populli ma besnik në botë, që e mbajmë besën si të shenjtë, ne jemi më tradhtarët e kësaj ftyre toke. Ajo marrëveshje që thua ti, - iu drejtua komandanti Agim R-së, - nuk është respektuar as për një orë. Ka shërbyer thjesht si një kurth për përvetësimin e fondeve për luftën.

- Nuk e di, - tha Agimi.

- Nejse, - tha komandanti. - Tani po të jap dy djem të armatosur të të shoqërojnë deri në dalje të fshatrave, kufi me Maqedoninë; ata do të të tregojnë se nga duhet të zbresësh për të dalë në rrugën magjistrale që shkon në Tetovë. Para se të shkosh ndalu në Dobrosht, tek një mik i imi, Shaban E. e quajnë. Ai pastaj të drejton për kufirin jugor me Greqinë.

Pas tridhjetë minutash, Agimi u gjend për rrugë. Djemtë e armatosur iu lutën që t'u bënte nga një portret. Kur mbërritën në majë, ai u ul në një gur dhe vizatoi shpejt e shpejt portretet e tyre. Ashtu përmendësh hodhi disa linja në letër edhe me portretin e djalit tjetër që e kishte shoqëruar në kamp, si dhe portretin e komandantit. Ua dha ato letra në dorë dhe u nda prej tyre me instruksionet se nga duhej të kalonte. Kosova mbeti pas krahëve të tij me gjithë ushtritë e saj, UÇK, LPK, UDB, LDK, me ushtrinë serbe, me paramilitarët e armatosur dhe me një popullsi pa asnjë mbrojtje. Kështu kishte ndodhur edhe kur qe tërhequr Turqia, edhe në Luftën e Parë Ballkanike, edhe në Luftën e Parë e të Dytë Botërore. Në Kosovë luftonin qindra ushtri, vendase e të huaja. Fitimtarë kishin dalë deri atëherë gjithmonë serbët, të humbur vetëm shqiptarët, nën pushtim kolonial njëshekullor. Sikur të mos i kishin mjaftuar pesë shekuj robëri osmane. Pastaj këndonin këngë për trima të vetmuar, për burra që kishin vdekur duke luftuar, pa fituar asgjë. Në Kosovë këndoheshin më shumë këngë trimërie se në të gjithë pjesën tjetër të planetit. Kishte këngë për njerëz të zemëruar, për kaçakë, për partizanë, për serbë, për çetnikë, për ballistë, për komunistë, për nacionalistë. Kishte legjenda për njerëz që ecnin dymbëdhjetë orë me krye nën sqetull, për një burrë që kish rrasur një shishe në birën nga nxirret e nga ku s'rraset gjë, kishte këngë për krajla e për kreshnikë, për fatorino e për policë, për udhëheqës malësorë e të fushës, për trima të kombeve e ushtrive të tjera. Rrast me këngë e me vdekje ishte Kosova. Romani i parë qe shkruar pas Luftës së Dytë Botërore, universiteti qe hapur në mes të viteve '70-të. Për t'u mbyllur në mes të viteve '80-të. Shkollat fillore i kishte hapur Shqipëria e Viktor Emanuelit, i kishte mbyllur Serbia e Mosheviçit. Nga Shqipëria importoheshin komunistë dhe kallashnikovë të Poliçanit, importohej ideologji politike e jo kombëtare. Importohej lufta e klasave dhe lufta civile, vrasja e vëllait me vëlla. Nga Serbia eksportoheshin për në Kosovë kriminelë, ishtë burgosur, vrasës dhe armë të rënda. Shqiptarët e mjerë mes tokës e qiellit, me Zota të huaj, i luteshin Perëndisë së vet, duke e ditur për më të Madhen, më të Plotfuqishmen, ta vriste Zotin e turqve e të serbëve. Lutjet e tyre nuk dëgjoheshin më, ndoshta ngaqë nuk thuheshin në shqipe të pastër. Kështu po mendonte Agim. R-ja kur kërciti në derën e Shaban E-së, në Dobrosht, pas gjashtë orë rruge në këmbë nëpër Bjeshkët e Sharit. Mikpritësi e përcolli deri në Prilep, nga ku ai mori një autobus fshatrash për në doganën greke. Deri në Zvicër i mbeteshin edhe tri ditë rruge.

DITARI

18 qershor
Marrëveshja e Paqes na ka zënë në befasi, ne tashmë nuk duam paqe, jeta jonë është bërë lufta dhe vdekja. Kemi të grumbulluar një vrer aq të madh sa do të dëshironim që lufta të mos mbaronte kurrë pa mbaruar edhe i fundit armik. Ne tashmë jemi si ai tigri që, pasi ka rendur për orë të tëra pas presë, bie vetë në një grackë. Ai nuk e vret mendjen për grackën e rrezikshme në të cilën ka rënë, por për prenë që i ka shpëtuar pa e shqyer. Kjo ndodh pasi plagët e shpirtit tonë janë shtresë pas shtrese, janë trashëguar prej qindra vjetësh, ato karvane lotësh e gjaku që zvarriten Ballkanit kanë filluar para trembëdhjetë shekujsh, qysh ditën kur ata u shfaqën për herë të parë në Ilirik. Kemi pesëmbëdhjetë shekuj që na lindin fëmijët maleve e na vritën pleqtë pragjeve. A e ke dëgjuar atë fjalën që thotë: na ka shkuar thika në palcë? Palca janë është e shpuar në çdo milimetër nga thikat e përgjakura sllave.

FILMI HEROIK

Regjisori dëgjoi nga larg zërat dhe rrëmujën që vinte nga pas kodrës së ulët, ku me qindra figurantë bënin parapërgatitjet e provës së një skene masive, të dhunshme e të rrëmujshme, ku disa paraushtarakë armiq nxirrnin nga shtëpitë e tyre një lagje të tërë të qytetit. Dikush hyri brenda dhe i bëri me dije regjisorit se ngatërresën e kishin filluar figurantët e veshur me uniformat e huaja, ata që luanin rolet e ushtarëve armiq. "Pse?", pyeti regjisori dhe kur mori përgjigje i erdhi për të qeshur. Djaloshi që e kishte informuar u ndje i fyer. Nuk e di se pse po qeshni, por ata po rrihen me të vërtetë! Regjisori thirri menjëherë operatorin dhe u nis me xhipin e zbuluar drejt skenës së xhirimeve. Kur doli mbi kodrën e vogël, vërejti se rrëmuja kishte mbërritur vërtet kulmin, shumë gra e fëmijë ishin mënjanuar nga sheshi dhe rrinin si të tulatura duke parë skenën e dhunshme në të cilën disa figurantë me uniforma dhe me kallashnikovë, sigurisht jo me plumba të vërtetë, po rriheshin pa mëshirshëm me një grup qytetarësh figurantë. Urdhëroi operatorin të filmonte. Rrahja zgjati gati dhjetë minuta, operatori xhiroi pothuajse gjithçka.

Nga fundi mbërriti edhe operatori i zërit. Në shiritin e zërit qenë regjistruar pothuajse tre-katër minuta ulëritje, britma, klithma dhembje, sharje, ndonjëra prej tyre edhe në serbisht. Asistent-regjisori, që ishte informuar për çka po ndodhte, qe nisur drejt fushës dhe me një megafon në dorë u përpoq dhe dikur ia doli ta qetësonte ngatërresën. Grupi i "serbëve", dhjetë-pesëmbëdhjetë djem të rinj, nga ata që kishin parë me sytë e tyre veprimet reale të paraushtarakëve në kohën e konfliktit, po mundoheshin të ndreqnin uniformat e shqyera, të përbaltura e besa edhe të gjakosura. Grupi tjetër, prej tre-katërqind qytetarësh, shumica gra e fëmijë, po mblidhnin leckat e futura nëpër bohçe, valixhe e arka, që shërbenin si rekuizitë për të ilustruar deportimin. Regjisori kërkoi një megafon dhe nga maja e kodrës urdhëroi që të gjithë figurantët të largoheshin nga skena dhe të mos preknin asgjë. Ta linin ashtu siç ishte. Ata u larguan duke lëshuar sharje, ofshama dhe ankesa ndaj shtabit të filmit.

Pasi qenë larguar, regjisori vetëm me operatorin u afruan. Pasi bëri një shëtitje të vëmendshme nëpër të gjithë hapësirën, regjisori urdhëroi xhirimin e detajeve, deri edhe tek më të imtat. Pastaj kërkoi me telefon helikopterin që ia kishin premtuar forcat ndërkombëtare dhe filloi të xhironte nga sipër. Nga skena e improvizuar u nisën drejt qytetit më të njohur në perëndim dhe filluan të xhirojnë lagje të vërteta ku kishte ndodhur deportimi. Ndërkohë, ndihmësi i tij kishte arritur ta qetësonte shumicën e figurantëve, pasi kishte përjashtuar një djalosh grindavec "serb", i cili qe akuzuar se kishte qenë hajdut dhe tradhtar, bashkëpunëtor i vërtetë i armikut. Emri i tij qe përcjellë për në shtabin e zonës.

- Këto kanë qenë filmimet më të mira që kemi bërë deri më sot! - tha solemnisht regjisori. - Kjo do të jetë pjesa kulmore e filmit.

Asistenti nuk e hapi gojën. Operatori po i këqyrte pamjet e xhiruara e herë pas here i entuziazmuar i tregonte regjisorit detaje, portrete, gjeste, sjellje, sharje, lëvizje me një dinamike të paparë - siç i cilësoi.

DORUNTINA, I HUAJI DHE UNË!

Udhëtimi im në Kosovë po i ngjante një ëndrre të makthshme. Nuk qe thjesht dielli, kish njerëz boll që ecnin me koka të zbuluar në diell, të etur e të lodhur, madje edhe të plagosur. Nuk qe as shkretimnaja rreth e rrotull; për të shumë më të ndjeshëm qenë banorët e Kosovës, ata që po ktheheshin grupe-grupe, ata gjenin shtëpitë, kujtimet, të kaluarën e tyre të rrafshuar me dhe. Ato nuk ishin shtëpitë e rrugët e mia, asnjë gjurmë s'kisha lënë në Kosovë në fëmijërinë time; qe e para herë që shkelja në të. Udhëtimin e kisha nisur keq. Takimi i parë me Kosovën qe i tmerrshëm. Takimi me një të vdekur. Që nga ajo natë nuk e dija saktësish se çfarë po kërkoja. Doruntinën? Kosovarin? Apo Kosovën e ëndrrave të mia? Me bisht të syrit pashë si në mjegull tri-katër gra që po gatuanin në qiell të hapur. Në anën tjetër ndjeva zërat e disa fëmijëve që po luanin. Ndodhesha nën hijen e një peme, mbi shtratin e një qerreje druri. Ngrita pak kokën dhe pashë rrënojat e një shtëpie, në oborrin e së cilës gjendesha. Fëmijët m'u mblodhën rreth e rrotull si bletët. Qenë fëmijë të bukur. I kishin sytë me lara, flokët e verdhë, të djegura nga dielli, faqet të nxira, të palara, por të mbushura!

- Hej kush je ti? A je i vdekur a i gjallë! Veç Hafizja tha që je gjallë! Paska pasur të drejtë plaka e Shqipnisë!

Lëshova kokën për dërrasa e fëmijët thanë: "Vdiq prapë!", e ikën për të luajtur.

"Hafizja, plaka e Shqipërisë!". O zot, a thua bëhet fjalë për Hafizen e çmendur? Hafizen që lypte kishë në qytetin tim? Hafizen, strehën e së cilës e kisha kërkuar me aq ngulm në rininë time, pa mundur ta gjej. Kisha humbur Doruntinën, duke kërkuar në rrënojat ilire për strehën e saj. Asaj t'i ketë rënë fati e të më ketë gjetur buzë rruge me copën e flisë të shtrënguar në dorë? Ajo të ketë thënë që jam gjallë e duhej të shpëtohesha? Hafizja me flokët të platinta e me rroba kombëtare, gruaja që endej rrugëve duke folur me sende, me bunkerë, gruaja që deshi t'i jepte Teutës një kokërr mollë, një kokërr mollë që i çmendi të atin, Zef K-në? Hafizja e burgosur për parullën nacionaliste e reaksionare: "Jetën e japim, por Kosovën jo!". Hafizja e zhdukur nga faqja e dheut, e arratisur, Hafizja, gruaja për të cilën thuhej se qe çmendur pas një dashurie apo pas humbjes së të vëllait! Lotët po më rridhnin faqeve. Kisha gjetur të paktën Hafizen, m'u duk se kisha gjetur nënën time, kisha gjetur qytetin tim, rininë time. Kisha humbur Doruntinën, por kisha gjetur Hafizen! Më saktë, ajo më kish gjetur, sepse ne nuk gjejmë atë që kërkojmë, ajo që kërkojmë na gjen ne! Unë e kisha lypur, s'kisha lënë vend pa e kërkuar strehën e Hafizes, ja ku ndodhej, ajo më kish gjetur. Fëmijët u afruan prapë për të parë nëse isha ringjallur apo jo! "Qenka gjallë prapë!", brohoritën ata, duke tërhequr vëmendjen e grave që po gatuanin disa dhjetëra metra më tej. Dy-tri gra të moshuara u afruan. Më pyetën se si ndjehesha, nëse kisha nevojë për gjë. Kërkova ujë. Më sollën një shishe plastike me ujë të freskët, që e nxorën nga rrënjët e disa barishteve. Më pyetën a isha apo jo i Shqipnisë. Filluan të më tregonin se si i kishin pritur, se si ua kishin hapur dyert e shtëpive, se sa të varfër ishin njerëzit në Shqipni, por sa të dashur, sa njerëz në dorë të Zotit. Solla ndërmend atdheun tim dhe betejat e tij qesharake me Zotin. Po gjindja kishin arritur shpesh të mbeteshin njerëz, ato plaka ndoshta kishin qëlluar me fat, kishin takuar njerëz në Shqipëri. Siç kisha qëlluar unë me fat, duke u takuar me to; ato më kishin shpëtuar.

- Hafizja... ku është Hafizja?

Plakat më këqyrën të habitura e më pyetën nga e njihja Hafizen.

- Ajo është gruaja më e famshme e qytetit tim!
- Hafizja na ka thënë se atje e mbanin për të marrë!
- Sigurisht, sepse ishte e vetmja me mendje të kthjellët në një qytet të marrësh!
- A edhe ti je i marrë a? - më pyeti një vogëlush.
- Po, - i thashë e lotët më ranë për faqe.

Më sollën një palë ndërresa e më treguan se një kusi me ujë të nxehtë gjendej mes një grumbulli pemësh, pas gërmadhave të asaj që do të duhej të kishte qenë shtëpia e dikujt, nëse doja të lahesha.

Ashtu i kthyer në jetë, mes atyre grave e fëmijëve, po përpiqesha ta merrja me mend se ku ndodhesha. Fushë dukej në të gjitha anët. Por një fushë e bukur, e mbushur me gjelbërim, me tufalakë pyjesh aty-këtu nëpër disa kodrina të buta. U afrova te grumbulli i fëmijë dhe i pyeta se ku ndodhesha, si e kishte emrin ai fshat. Më thanë se ndodhesha në Krushë e se kishte Krusha një të Madhe e një të Vogël. Ndodhesha në të voglën. Një fshat i rrafshuar me shtëpi e me burra, mbi njëqind e pesëdhjetë burra të fshatit qenë vrarë mizorisht nga paramilitarët të ndihmuar nga ushtria. Veç disa gra e fëmijë qenë kthyer. Pritej kthimi i tjerëve, i atyre që kishin shpëtuar. Fshati nuk ndodhej shumë larg Prizrenit. U thashë se doja të shkoja në Prizren. Ato më thanë të prisja Hafizen, sa të kthehej. Prita. Hafizja erdhi rreth mbrëmjes. Fëmijët nuk i ndaheshin, i thërrisnin: "Dada Hafize". Ajo i përkëdhelte e fliste me ta. Dikur u shkëput prej tyre dhe u nis drejt qerres ku kisha "ngritur kampin tim" të përkohshëm, nën hijen e disa pemëve. Aty ku më kishin lënë, pasi më kishin gjetur gjysmë të vdekur, buzë rrugës magjistrale me një copë fli në dorë. Pata bërë një banjë e ndjehesha mirë. Afrimi i saj më ngjalli emocione të forta. Hafizja kishte folur njëherë me mua, vite më përpara, atëherë kur qe hapur fjala se unë po shkruaja një roman për qytetin tim, por që në fakt ishin thjesht shënime për nuk e di se çfarë dreq vepre letrare. Ajo më pat thënë se qyteti nuk e meritonte një roman, qyteti ishte akoma në shpërgënjtë e folklorit, këngë dinim të thurnim, edhe ato jo aq mirë, por këngë bënim për këdo. Kishim bërë këngë për Titon, për Stalinin, Hrushovin, Çu En Lain, Mao Ce Dunin, atë Kurvin, siç e quante një fejtonist ish-diktatorin, pastaj për themeluesin e firmave piramidale, këngë për Suden, për shefat e çetave e të komiteteve të shpëtimit, kishim thurur këngë edhe për gazetarët zjarrvënës të Shqipërisë në 1997-n. Me këta kishte mbaruar tjerrja e këngëve, sepse kishte filluar lufta. Këngët u transferuan në Kosovë, do të këndoheshin aty ku po ndodhte morti.

"Po bëhesh gazi i botës more karagjoz! Dashke të shkruash roman për qytetin tonë! Qyteti ynë nuk meriton të shkruhet roman për të, nuk është pjekur akoma! Qyteti ynë ka nevojë për një kishë, jo për një roman!". Kaq më kishte thënë Hafizja para shumë vitesh, fjalë që më kishin mbetur në mendje. I kisha marrë shënimet e mia dhe nuk i kisha botuar. Më vonë, kisha thënë, do ta shkruaj një roman. Më vonë, s'ka ardhur akoma. Hafizja ishte mplakur, por mbahej e fortë, e drejtë, e veshur si gjithmonë me rroba kombëtare. Ma dha dorën, u ul pranë meje. Nuk po fliste. Mua po më buçiste koka, kraharori. Doja t'i thosha një mijë fjalë, por prisja që ajo t'ia niste e para. Kush e di se çfarë do të nxirrte nga goja. Mori njëherë frymë thellë dhe më pa drejt në sy:

- A ndihesh më mirë?

Belbëzova një "po" thuajse me pëshpërimë.

- Mblidhe veten, mbaj shënime, ka ardhur koha e romanit tënd! Qyteti është pjekur, madje është djegur, është vrarë e përvëluar. Ndoshta ka vënë mend, ndoshta e meriton një roman. Bëje një provë...! Nuk po dija si ta thërrisja, Hafizja e çmendur, dada Hafize, zonja Hafize, motra H, nëna ime e çmendur...! Ajo u largua me hap të prajtë, të lehtë, thua se nuk donte t'i bënte keq apo t'i rëndonte barit e dheut të Kosovës.

Filloi fresku i mbrëmjes. U ndava me gratë dhe fëmijët e tyre të panumërt. Nuk doja të zija vend në një fshat grash e fëmijësh, që mezi po e mblidhnin veten nga humbjet e pazëvendësueshme të burrave dhe djemve të tyre. Hafizen nuk e pashë më mes tyre. "Lëviz nga një katund tek tjetri", më thanë. Prizreni ndodhej një orë larg në këmbë. Kisha hyrë në Kosovë në kërkim të një dashurie të vjetër, jo të vëllait për motrën, jo për të kryer ndonjë amanet si në legjendë, por për të takuar Doruntinën, të dashurën e adoleshencës sime. Jo për të lidhur nyjat e këputura të njohjes sonë. Thjesht për të parë se me kë më kishte ndërruar, për të parë se çfarë kishte ndodhur me të e me të huajin, me Kosovarin që kish mbërritur në Shqipëri nga Kosova, atëherë kur as zogjtë nuk qarkullonin përmes kufirit, atëherë kur edhe ajri qe i betonuar mbi kufi. Ajo dashuri kishte shënjuar fundin e fëmijërisë sime, fillimin e pjekurisë. Tashmë, i pjekur në moshë dhe i djegur nga dielli, po ecja dalëngadalë nëpër një rrugë të rrethuar me gërmadha, me makina të djegura, me njerëz që mezi çapiteshin, që dukeshin si kufoma të gjalla, herë në këmbë, e herë mbi rimorkiot e traktorëve të tyre. Një film i madh halucinant, njerëz si prej dylli në një skenë gjigande, natyrore. Herë më përshëndesnin, herë jo. Secili i zhytur në hallet, kujtimet e tij. Një makinë ushtarake pa targa e ushtrisë zvicerane, mbushur me oficerë të UÇK-së, të larë e të rruar, la prapa përveç shtëllungës së tymit edhe aromën e një parfumi. Ndiqeshin nga një veturë tjetër, që gati sa s'po derdhej me ushtarë me mjekra, të palarë e të zdërlleshur. Armët në krahë. Fëmijët ua bënin me dorë. Të moshuarit as që ua varnin. Sa herë kishin parë çlirimtarë ata, për të mbetur gjithmonë të paçliruar. Fëmijët si fëmijët. Unë si ata. I përshëndesja. Në hyrje të Prizrenit qe një postbllok i përzier me ushtarë të UÇK-së dhe trupave gjermane. Kontrollonin për armë. Unë kisha vetëm një fletore, ditarin e një ushtari anonim, të vdekur.

Mbërrita në Prizren rreth orës nëntë të darkës. Qyteti nuk dukej keq, veç i mbushur me makina ushtarake të NATO-s. Bëra një endje anembanë qytetit të vjetër. Tela me gjemba e postblloqe po instaloheshin rreth kishave ortodokse. Afër çdo ndërtese të rëndësishme kishte një perimetër sigurie, i cili e vështirësonte qarkullimin. Administrata e përkohshme e UÇK-së kishte marrë në përdorim të gjitha zyrat dhe vendet publike. Gjermanët e NATO-s po instaloheshin në periferi të qytetit dhe në dy-tri ndërtesa publike. Banorët, shumë prej të cilëve nuk kishin lëvizur nga qyteti, i kishin hapur shitoret dhe shërbenin me të gjitha llojet e kartëmonedhave, me dinarë, me lek, me marka, me franga, me lireta, me monedha floriri. Në byrektoren e parë ua lypa një byrek. Më treguan sa kushtonte, u thashë se nuk kisha para për të paguar.

- Haje, të baftë mirë e the qafen!

Nuk e theva qafën. U ula në një gur përballë shitores së tyre dhe po këqyrja me vëmendje kalimtarët. Nuk kishte kaluar as një gjysmë ore kur u duk një patrullë e UÇK-së. "Policia Ushtarake e UÇK-së", shkruhej në shiritat tyre, si dikur AGBV në shiritat e spiunëve vullnetarë të sigurimit. Burrat nuk e çuan gjatë me mua: më pyetën nëse isha nga Shqipëria. Kur ua pohova, më ftuan të hipja në makinën e tyre ushtarake.

- Je apo s'je shkrimtar? - më pyetën.
- Jam, por kam botuar veç një libër të vogël...!
- Të vogël e të madh, shkrimtar je shoq!

Rashë në një mendje me ta. Një libër i trashë nuk është libër i madh. Një libër i vogël nuk është libër i keq. Makina e tyre ndaloi para një ndërtese të madhe. "UÇK Komanda Operative e Zonës", qe shkruar në një dërrasë me shkronja të kuqe. Ushtarë kudo. Të veshur mirë. Me uniforma të reja. Djem të rinj, disa prej tyre me mjekra, me mustaqe të zeza. Më shoqëruan në katin e dytë. Një burrë i gjatë, me uniformë më priti me krahë hapur:

- Mirë se erdhe në Kosovën e lirë!

Po ndjeja një valë emocionesh pozitive, po

ndjehesha mirë. Komandanti më pyeti në pija duhan, nëse doja të pija diçka.

- Shlivovice!

Burri u ndal një hop, më këqyri, pastaj qeshi me të madhe.

- Po kjo është pije e shkieve...!
- S'ka gjë, kemi një jetë që pijmë vodkën e kryeshkieve!

Komandanti qeshi prapë, duke e zbutur atmosferën. Më ofroi një gotë raki kumbulle, duke më shpjeguar se ishte e njëjta gjë me shlivovicën.

- Komandant, kam disa ditë që jam në Kosovë. Vendi është në gjendje të rëndë. Njerëzit janë në pikë të hallit. Personalisht kam kaluar ditë shumë të rënda, kam qenë edhe pak sëmurë. A mund të më thuash shkurt të lutem, pse më ke thirrur?
- Kemi nevojë për ty! Ti je shkrimtar.
- Vendi ka nevojë për mjekë, për furrtarë, për ndërtues, për vorrtarë, shkrimtari vjen a s'vjen nga fundi.
- Ashtu është, por kolegët e mi të Shtabit të Përgjithshëm kanë vendosur të xhirojnë një film. Problemet kanë lindur rreth skenarit. Regjisori ngul këmbë për ndryshimin e tij. Asistenti thotë të kundërtën. Ne jemi ushtarë, nuk dimë të bëjmë filma. As të shkruajmë skenarë. A mund t'i ndihmosh në redaktimin e tekstit, në gjetjen e një gjuhe të përbashkët? Xhirimet kanë filluar prej kohësh, nëpër zona të lira andej e këndej Kosovës. Dje kanë filmuar

në Fushë-Kosovë, sonte ose nesër në Dukagjin, pastaj në Prizren. Ti nuk do merresh me filmimet, ti do shohësh thjesht skenarin. Ka gjëra që sipas regjisorit nuk janë realiste, duhet të shkruhen ndryshe. Autori i skenarit është jashtë, dikush thotë në Maqedoni, dikush në Tiranë. Ndoshta edhe e kanë vrarë. Duhet kohë për ta sqaruar.

- Nuk e kuptoj gjithë këtë nxitim...!
- S'prish punë, mos i gjyko, ata thonë se kështu filmi del më origjinal, më i natyrshëm, pastaj kanë "gjetur" edhe sponsor, drejtuesit e disa kompanive ajrore që bashkëpunonin me JAT-in. E kupton ti? Ata kanë paguar shumë, ndoshta miliona. Por kjo nuk është puna jonë.
- Nga e dini që jam shkrimtar, komandant?
- Hafizja na ka thënë, ajo të njeh që në fëmijëri. E dinte që ti ke shkruar prej kohësh një roman.
- Komandant, Hafizja ka qenë e çmendur, veç në pastë ardhë në mend pas arratisjes. Ajo fliste me sende, me bunkerë, me shtylla tensioni, me varre, me shkëmbinj, me përrenj. Pastaj nga e njihni ju Hafizen, ç'ju lidh ju me të?
- Le të themi se i erdhën mendtë, pas arratisjes. Unë nuk e njoh, por disa lidhje tonat në terren e njohin dhe kanë besim tek ajo. Ajo shpesh ka dhënë kontribut shumë të madh me informacionet e saj. Nuk i trembej syri, hynte qyteteve atëherë kur nuk hynin as zogjtë. Por, të lutem, hidhi një sy atij skenari, ndrysho ato dy-tri fjali që kërkon regjisori, pa ia

prishur fort as asistentit të tij. Janë të komplikuara këto punë. Vijnë gjithfarë urdhrash nga gjithfarë komandantësh. Jemi të lumtur që erdhën gjermanët, ndoshta fillojnë e qetësohen këto punë.

M'u duk se komandanti donte ta mbyllte shpejt e shpejt atë punë. Ashtu më shkonte për shtat edhe mua. Nuk kisha ndërmend të përfshihesha në konflikte artistike mes një regjisori e asistentit të tij. Kisha hallet e mia. Kisha Doruntinën time, të huajin tim, për të cilin akoma s'kisha mësuar gjë. Ngrita me fund gotën e rakisë së kumbullës dhe u bëra gati të ngrihesha. Komandantit i shkëlqyen sytë.

- Pra, do të pranosh?
- Do bëj të pamundurën!
- Bëj kujdes! Qyteti është i mbushur me gjithfarë lloj njerëzish, kanë lloj-lloj problemesh e dramash. Është kohë e turbullt, kohë ujqërish. Nëse ke nevojë, mos hezito të më kontaktosh. Ah, se desh harrova, ma shpjego pak si ishte ai ushtari që ke varrosur?
- Ishte i vdekur dhe i braktisur, komandant. Kishte një fletore ditari. Pranë tij gjeta edhe portofolin e një ushtari apo njeriu tjetër, me shumë para brenda dhe me një dokument identifikimi të lëshuar në Shqipëri në kohën e diktaturës, në vitin 1987. Pak munda të lexoj, shkronja e parë e mbiemrit mungonte: "... areva" ishte fundi i tij, pastaj emri kish veç dy shkronja "Na...", të tjerat qenë të fshira. Ia zgjata komandantit fletoren me ditarin e ushtarit të vrarë. Para se ta shfletonte më këshilloi prapë të kisha kujdes.

- Qyteti ka më shumë komandantë sesa ushtarë, dhjetëra komandantë të rinj vijnë çdo ditë nga Kukësi, me emra më të kodifikuar e me dokumente më të sofistikuara se ai që ke gjetur ti, po dhe ai nuk mbetet prapa.

- A mund të ma lësh sonte? - më pyeti, kur po i hidhte një sy ditarit.

- Ta lë përgjithmonë, veç më bëj një fotokopje, mund ta përdor në ndonjë libër, kush e di kur!

Teksa po dilja tek dera, një ushtar më la në dorë një dosje plastike me fotokopjen e ditarit. Më shoqëruan deri në një hotel, në pjesën e vjetër të qytetit, ku më thanë të rrija brenda derisa dikush me mbiemër... dhe shqiptoi një emër familjeje shumë të njohur në Prizren e në Shqipëri, të më kërkonte. Përballë me dhomën time ndodhej një xhami e vjetër. Një hoxhë dhe dy-tre të rinj po mundoheshin të rregullonin zëmëdhenjtë mbi minaren e xhamisë. Ndoshta në lutjet e së nesërmes do të punonin, do ta rrisnin zërin e hoxhës deri në kupë të qiellit. Pas pak minutash u dëgjuan të shtëna armësh. Pastaj heshtje. I hodha një sy ditarit. Më erdhi ndërmend Hafizja, agjentja ime letrare! Fama ime kishte kaluar edhe në Kosovë. Pa lexuar kurrë një rresht prej teksteve të mia, komandanti i qytetit po më vlerësonte si shkrimtar. Njeriu me mbiemrin e famshëm erdhi dhe më çoi në një ndërtesë tjetër jo fort larg. Aty takova regjisorin dhe asistentin e tij. Takimi me ta zgjati shumë pak; ata i kishin zgjidhur divergjencat e tyre pa pasur nevojën e një shkrimtari të sugjeruar nga Hafizja e Çmendur. Por, ai takim më shërbeu për të përfituar një ftesë për një pritje koktejli pas dy ditësh. Ai burri me mbiemrin e famshëm më tha se nuk isha askund më i sigurt se në shtëpinë e tij. Pesha ime specifike si njeri në Kosovë qe rritur, nuk isha thjesht nga Shqipëria; unë qeshë një shkrimtar nga Shqipëria. Përfundova kështu në shtëpinë e një familjeje të famshme, ashtu siç kishte përfunduar gjyshi im në radhët e ushtrisë së tyre gjatë Luftës së Dytë Botërore. Historia përsëritet, ndryshim qe se gjyshi kishte qenë ushtar dhe e kish paguar shtrenjtë, unë isha shkrimtar dhe akoma as kisha paguar, as më kish paguar kush për asgjë.

DORUNTINA DHE KOSOVARI

Në vitin 1991, Kosovari i la përgjysmë dy fakultetet e nisura në Tiranë, dhe bashkë me Doruntinën u vendosën në Mainheim, në Gjermaninë Jugore. Gjermania kishte një mijë halle, merrej me bashkimin e vet. Kosovarët qenë urtuar. Nuk dilnin më rrugëve me flamuj të mbushur me portrete të klasikëve të marksizëm-leninizmit. E kishin kuptuar që me komunizëm e me internacionalizëm nuk mund t'ia dilnin mbanë. Era kish kthyer drejtim në Europën Perëndimore. Kosovari që bënte sikur dinte gjermanisht, u regjistrua në dy-tri kurse mbrëmjeje për filozofi dhe muzikë e u hiqej bashkatdhetarëve të tij si një universitar europian. Në atë kohë ndërroi edhe syzet, duke iu vënë xhama më të errët dhe, herë pas here mbrëmjeve, kur takonte ndonjë punëtor krahu i fliste për luftën, për çlirimin e Kosovës. Themelimi i nëndegëve të LDK-së nëpër Europë u bë një modë e rëndësishme e nuk mbeti as këlysh, as kulim pa u anëtarësuar. Ballistë, komunistë, nacionalistë, marksistë, UDB-ista apo UDB-ashë, LPK-jca, sigurimsa, shitës droge e hajna, punëtorë krahu e intelektualë, shkrimtarë e publicistë, gra e burra, fëmijë e pleq hynë në LDK. Kish ardhur koha ta luftonin Serbinë në mënyrë paqësore! Bënin mbledhje të hapura nëpër salla kinemash e kishash, nëpër salla sporti apo aktivitetesh kulturore. Mbushnin binën, siç e quajnë shpesh tribunën, me flamuj, me portrete të Skënderbeut, Ismail Qemalit, Naim Frashërit, Vasil Shantos, Avni Rrustemit, Vasil Laçit, Bajram Currit, Fan Nolit, të Babë Dudë Karbunarës, Haxhi Qamilit, të Azem e Shote Galicës, Jusuf Gervallës, Kadri Zekës, Rexhep Qoses, Ibrahim Rugovës, Sali Berishës, Fehmi Aganit, Mark Krasniqit, Azem Hajdarit. Mbledhjet apo manifestimet fillonin në orën tre pasdite e referatet mbaronin në orën dymbëdhjetë të natës. Të kënaqur për ato që kishin thënë e ato që kishin kuvenduar, u ktheheshin shtëpive e apartamenteve të tyre, pranë një gote çaji, një çiftelie, një flamuri, një kënge me sharki e flinin të lumtur. Çdo muaj paguanin tre për qind të rrogës mujore për qeverinë e Kosovës në egzil. Në shumë shtëpi, fotografia, e zmadhuar sa një bojë njeriu, e Shkurte Fejzes me rrobat e Shotës, krahas asaj të Rugovës apo Enver Hoxhës, ua ngrohte zemrat shqiptarëve të mërguar. Por, punët e atdheut atje larg shkonin keq e më keq. Edhe pas luftërave me Slloveninë, Kroacinë dhe Bosnjën, Serbia mbetej prapë kërcënuese, madje kishte dalë fitimtare, firmëtare e paqes në rajon, e shfaqej gjithnjë e më kërcënuese për njerëzit dhe vendin e tyre, Kosovën.

Kosovari, pas mbarimit të atyre dy-tri kurseve të

mbrëmjes në filozofi e në muzikë, si kapak i artë gjerman i studimeve të tij të lëna përgjysmë në Tiranë, po bëhej gjithnjë e më aktiv. Fillimisht qe zgjedhur kryetar i Forumit Rinor të LDK-së, pastaj u zgjodh në kryesinë e degës për qytetin ku banonte dhe njëherë qe zgjedhur delegat në konferencën vjetore të LDK-së që mbahej në Bon, nën kryesimin e Kryeministrit të Kosovës. Kosovari kishte përfituar nga rasti për të shpalosur talentin e tij filozofik, duke mbajtur një fjalim rreth njëzet minutësh mbi mënyrën se si sipas filozofisë revolucionare - nuk thoshte leniniste - organizohet ushtria revolucionare e masave të shtypura. Kishte sjellë shembuj nga koha e revolucioneve në Amerikën Latine dhe sigurisht nga "Irish Republican Army", IRA e Irlandës së Veriut. Urologu i famshëm, ish-profesioni i Kryeministrit, nuk e kishte të vështirë të diagnostikonte sëmundjen e karucëve të tillë. Duke dalë nga mbledhja i kishte thënë:

- Para se të mbash fjalime të tilla, shko pshurru, që të shfryhesh pak!

Këto fjalë i kishin dëgjuar disa pjesëmarrës e që nga ajo ditë Kosovari s'qe parë më në mbledhje publike të askujt. Gruaja e tij, një vajzë e dobët nga Shqipëria, me të cilën patën vetëm një vajzë, gjysmën e kohës e kalonte spitaleve. Siç duket vuante nga një sëmundje e rrallë e kockave dhe palcës së kurrizit. Nga një sëmundje po kaq e rëndë po vuante edhe LDK-ja. Pas tetë vjet shkëlqimi e organizimi paqësor, gjërat po merrnin teposhtën. Përçarje, grupacione, zgjedhje presidenciale të kundërshtuara më shumë nga shqiptarët sesa nga serbët, rrënimi i Shqipërisë, hapja e depove ushtarake gjatë konfliktit civil, rikthimi në Kosovë i një farë shokut S.S., ish-oficer sigurimi në pension, qenë shenja se lufta qe në prag. Numri i shqiptarëve të Kosovës që hynin të armatosur në Kosovë, nga kufijtë veriore të Shqipërisë, u rrit ndjeshëm. Kosovari me syze të errëta në Gjermaninë e largët, qe fryrë prapë. Hafizja u kish thënë disave se S.S-ja shoqërohej me oficerë të SUP-it, e kishte parë me sytë e vet. Një grup djemsh nga Deçani u arrestuan me pretekstin se kishin sjellë armë. Gjatë arrestimit, katundarët kishin dalë buzë arave, duke rrahur shuplakë për suksesin e aksionit të policisë. Nga zona më të thella, ku herë pas here vriteshin ose plagoseshin ushtarë e policë serbë, niseshin pothuaj çdo muaj komando të armatosura për të vrarë intelektualë në Prishtinë. Ushtria dhe policia serbe mbyllnin njërin sy ose të dy, kur duhej. Një televizor i huaj transmetoi komunikatat e para të UÇK-së. Këtë tablo sinoptike, përveç shumë gjërave që i dija vetë, ma bënë që natën e parë tre-katër burra te shtëpia e mikpritësit tim. Ata i njihnin me emër e mbiemër personazhet, por unë nuk ua kërkova. S'më duheshin gjë. Ma merrte mendja kush ishte ky apo ai, por aq më bënte. Për mua kishte rëndësi Kosova e lirë; e kishte çliruar NATO-ja, e ndihmuar në terren nga luftëtarët shqiptarët. Për herë të parë në jetën time ndodhesha aty. Në vendin që kisha ëndërruar, në vendin që ishte i imi, sipas ndjesisë sime, sipas asaj që më kishin mësuar prindërit e mi. Në shkolla na thuhej ndryshe, merret me mend. Udhëtimi im kishte filluar keq, kishte filluar me një varr, me një të vdekur, kish vazhduar me gjendjet e mia të rënda mendore e shëndetësore. Kosova që kisha parë deri atëherë qe Kosova e fikur, Kosova e djegur dhe e vrarë. Duhej ta vazhdoja rrugën. Kosova ishte më shumë, ishte pak më e madhe sesa ajo pjesë që kisha parë, ishte më e komplikuar, më e gjallë dhe më njerëzore. Duhej të ishte padyshim. Fati i Doruntinës nuk ishte fort i qartë. Askush s'dinte të më thoshte më shumë për të. Asaj ia njihnin veç lëngatën, sëmundjen dhe spitalet. Aq i njihja edhe unë Kosovës, deri në ato çaste.

FILMI IM ME GANGSTERË PELLASGJIKË

Te mikpritësit ndenja pesë ditë. Pritja-koktej qe shtyrë në pritje të ardhjes së një prej shumë komandantëve të përgjithshëm të UÇK-së, që sipas disave qe i angazhuar në luftime në veri të Kosovës, por sipas disa të tjerëve kishte pasur një problem me policinë angleze. Ato ditë, gjysmë ilegal, i vetëm në një shtëpi të madhe në periferi të Prizrenit, i përdora në shërbim të zejes sime të fillimit, shkrimit. Aq më tepër që ndjehesha i ledhatuar nga ideja se tashmë isha "shkrimtar i njohur" edhe përtej kufijve të qytetit e të "shtetit tim". Meqenëse në Kosovë kishte plasur qejfi për të bërë një film, edhe unë vendosa të bëj skenarin tim, për filmin tim. I vura edhe një titull shënimeve të mia:

Skenar për një film me kreshnik-arë (shënime)

1.
Një qyqe e kuqe këndonte në një rrem të thatë, të zi. Këndonte këngën e saj të zezë, për vetminë e thellë, për trishtimin e pafund. Këndonte qyqja e kuqe, këngën e zezë për mallkimin që i kishte rënë në

hise. Drunjtë e hirtë, me degë të shqyera nga pesha e borës dimrave të egër, me trungje të zgavrueme prej rrufeve të idhta, gurët e thatë e bari i shtrirë përtokë, i bënin shoqëri. Këndonte qyqja e kuqe "ku-ku", "ku-ku" në një buzëmbrëmje, kur dielli dhe hana njëlloj të pafuqishëm, as nxehin, as ndriçojnë në një skaj të çfarëdoshëm të qiellit.

Gunga dheu të njëpasnjëshme i japin peizazhit pamjen e një varreze të vjetër, me varre të pazakonshme, tmerrësisht të mëdha, thua varre ciklopësh apo gigash të parakohës. Eshtra të bardha kuajsh, patkonj të ndryshkun, copa shtizash, shpatash të thyera, parzmore dëshmojnë se një ndeshje kreshnikësh, zotash, zanash, ka ndodhur jo para shumë kohësh në atë pllajë... "ku-ku, ku-ku", qyqja e kuqe në rrem të thatë...

2.

"Ku-ku, ku-ku" ka kënduar qyqja në rrem të thatë. Atëherë një za prej dheu ka dalë, një za i lagësht si i dalë prej një shpelle bore, i ftohtë dhe i gjerë, i ngadalshëm, i germëzuar dhimbshëm, si prej një fyti që nxjerr gulçima inati nga një poshtërim jo përmasor, i pafundshëm si qielli i asaj mbrëmjeje, ku dielli e hana as nuk shndrisnin, as nuk nxehnin, të dy bashkë në një skaj të parëndësishëm.

"Një amanet qyqe due me t'lanë, një fjalë Mujit në Jutbinë me m'ja çue!".

Ka ndalë vajin qyqja e s'ka vajtue, ka zbritë dielli e mas maje asht fshehë, ka mbetë hana qyqe e vetme.

Qielli asht murrë përnjiheri, ndal janë gurrat edhe krojet, ujin poshtë se çojnë ma prrojet, hesht kanë gurët në gumurajë, pezull zani ka mbetë mbi pllajë. Atëherë, ja çka foli qyqja e kuqe: Amanetin e mban edhe toka, veç çudi po m'vjen sa bota, zanin ta ndiej, me të pa s'të shoh kund! Dil njiherë, ti, pse je fshehë, amanetin ta çoj në fund, jam e m'sueme me k'so vetmie, veç këtë za kurrë se kam ndie!

"Jam i dekun oj qyqja e malit, s'kie si më sheh me sy t'ballit. Fjalën Mujit me m'ja çue, një shpirt të fyem ke me shpëtue, jam i dekun tash sa vjet, trupi shpirtin s'po ma qet, çdo të diel që ka falë Zoti, mbi varr tim vjen një farë popi, m'i shan eshtrat e ma dhunon varrin, ma mallkon të mbramin e ma shanë të parin, pastaj tallet e më thërret n'mejdan, "dil prej dheu more kapedan, kapi shpatat bre kopil, shih mos t'bafsha ty tebdil, se kur ke pasë kenë gjallë, shum' shkaut rrugën ja ke ndalë, shumë idhnime u ke pas qitë, herë përballë e herë në pritë!". Jam i dekun, burgosun varrit, se s'kisha pritë oj qyqja e malit, pa dalë sheshit, në log të mejdanit, se e kish pa shkau i shkinës, qysh luftojnë djemtë e Jutbinës, e kish pa mos me e harrue, çka do të thotë me e poshtnue, njeriun e vdekun, të paluem në dhé, n'atë hanë të zbehtë po të baj bé, s'të kisha lodhë me bajt fjalë, t'kisha mbetë veç një fije i gjallë. Thuaji Mujit, jam në pikë të hallit, pshtyjnë e shkelma m'i bien varrit, në i pastë mbetë në mue një pikë hatër, në m'pastë pasë gjak e në m'pastë pasë vlla, sot ashtë dita për

me më pa. Fluturo, qyqe, t'u zezoftë nata, në oborr
të kullës në ato gërdhata, klith e brit sa të shtjerret
zani, 'Dil o Mujë he t'u fiktë nami, vllanë ta shajnë
e ta poshtnojnë, eshtrat n'dhe nuk i pushojnë! Lëre
gruan, lëre djalin, rehatinë e krijon prap, merre
shpatën e ngjitju malit se me shkie je në gjak!

Pas këtyre fjalëve qyqja e kuqe palon krahët e niset.
Bjeshkës i bjen terri i natës e në kollonën zanore
përveç zhurmës së rrahjes së krahëve të brishtë të
qyqes, vazhdojnë të dëgjohen edhe jehonat e zërit
të nëndheshëm, zërit të Halilit të vdekur nga dora e
shkieve.

3.

N'degë të thatë se n'degë të thatë, është ulë qyqja tuj
kukatë. Në kullë të madhe, tuj pushue, qe veç Muja,
me Omerin e me grue. Kobi i qyqes ka shpue terrin,
brenda në kullë është ndigjue, gruaja e vetme ndez
një ûnë, del në shkallë me shikue. Kukama e qyqes
vinte prej nji druni të thatë, e ajo vetë nuk shihej, pasi
qe gati natë.

'Ik moj qyqe e qofsh e zezë, sot motmot ke hukatë,
bash prej atij druni të thatë e Halilin na e kanë vra,
ka metë Muja pa të vetmin vëlla! Ik se Muja asht i
merzitun, ba me dalë të ka fikun, t'i terë pendlat prej
zemrimit, ik, he sh'ndosh mos dalsh prej dimrit!

Qyqja nuses, atëherë ka qitë e i ka thanë:

'Kurrë në këtë vend nuse nuk jam kanë, as Halilin
se kam kobite, një amanet ai m'ka lanë, sa ta them, le

t'mos më zanë e bardha dritë!

Sa mirë Muji po i dëgjon kto fjalë, shpejt si zana ka dalë në shkallë:

'Fol ti qyqe he kofsh e bardhë, Ti në daç brenda me na ardhë, të jap me ngranë e të jap me pi, rri sa të duesh me hjekë merzi. Qyqja Mujit çka i ka thanë:

'O kreshnik me namë e famë, s'due me pi as due me ngranë, nuk jam ardhë me heq merzi, as në kullë s'due me hy. N' ato bjeshkë mbi ato brija, tuj vajtue për halle t' mia, u ndala i herë mbi një rrem të thatë, dy-tre herë kam kukatë, kur një za i trishtë prej toke, thashë me veti prej tjetër bote, ma ka ndalë kukamën në mes, m'i ka dridhë pendlat e shtatit, ma ka ngri gjakun në zemër, me më pajtue më ka thirrë në emër:

'Qyqe e shkretë, he qofsh e bardhë, një amanet due me të lanë, një fjalë Mujit me m'ia thanë'. Ai që foli Mujo, qe bash vëllai yt Halili, ai farë sokoli! Një hall i madh i ka ra për hise, një shka i poshtun, ma i poshtri ndër ato fise, çdo të diel kur del n'gjueti, mbi vorr të Halilit po e ndalka çetën e tij. Aty kuajt i lidh për blinash, pasi dehen ata zogj shkinash, fillojnë e i vjellin te guri i varrit, i shajnë eshtnit, ja shajnë gjuhën, dheun e Zotin, t'lamë me hel'm po ia çojnë motin. I lyp bejleg shkau kreshtan, 'dil njiherë - i thotë - more kapedan, kapi shpatat bre kopil, shih mos të bafsha ty tebdil, se kur ke pasë kenë gjallë, shum' shkaut rrugën ja ke ndalë, shumë idhnime u ke pas qitë, herë përballë e herë në pritë! Jam i vdekun, burgosun varrit, se s'kisha pritë oj qyqja e malit, pa dalë sheshit,

në log të mejdanit, se e kish pa shkau i shkinës, qysh
luftojnë djemtë e Jutbinës, e kish pa mos me e harrue,
çka do të thotë me e poshtnue, njeriun e dekun, të
paluem në dhé, n'atë hanë të zbehtë po të baj bé, s'të
kisha lodhë me bajtë fjalë, t'kisha mbetë veç i fije
gjallë. Thuaji Mujit, jam në pikë të hallit, pshtyjnë e
shkelma m'i bien varrit, në i pastë mbetë në mue një
pikë hatër, në m'pastë pasë gjak e në m'pastë pasë
vlla, sot ashtë dita për me më pa. Fluturo, qyqe, tu
zezoftë nata, në oborr të kullës në ato gërdhata, klith
e brit sa të shtjerret zani: dil o Mujë he t'u fiktë nami,
vllanë ta shajnë e ta poshtnojnë, eshtrat n'dhe nuk i
pushojnë! Lëre gruan, lëre djalin, rehatinë e krijon
prap, merre shpatën e ngjitju malit se me shkie je në
gjak!

Hej more Zot' që na ke falë, tym prej kreje Mujës i
ka dalë, i ka dalë tym e i ka dalë flakë, që e ka zbardhë
të zezën natë, është dridhë ashta si me u pa trand
dheu, bash kur qyqja fjalën kreu. Ka marrë Ajkuna
me pajtue njerin, 'Ti hy brenda bashkë me Omerin!'

'Hajt pra qyqe ty të qoftë udha e mbarë, shpirti në
dritë ty ka me të dalë, që ke bajtë sonte këto fjalë, që
ke krye këtë amanet, me këtë punë unë tash merrem
vetë. Veç po të them si me të pasë motër, se me e ditë
që, kuuurrë më zjarrë nuk ndezi në votër, as ha bukë,
as pi ujë, as në sy nuk shtie gjumë, për pa e kry mirë
ket punë. Ka me e pa shkau kreshtak, qysh bejleg
lypet nder varre, kur t'ja mbushi trupin gjak, t'ja laj
fisin krejt me marre.

4.

Qyqja rreh i ka krahët e brisht, e asht' zhdukë shpejt në ahishtë, atëherë Muji pa e zgjatë, me dorë pas veshi ka vikatë: Eheheheeeeeeej, Ohoooooohoho ho ho, o mblidhnu buuuuuuurrra oooooo more në kuuuuvennde! E ka kapë zani zanin, e ka kapë jehona jehonën, ashtë dridh bjeshka, asht tund dheu, kanë qitë burrat kuajt me i shalue, kanë marrë shpatat me shpatue, kanë marrë grykat me u tubue. Kurr dy orë s'janë ba pa u mbledhë, gjithë Jutbina aty janë derdhë, kanë lidhë kuajt vend e pa vend, kanë ardh burrat për kuvend. Dikush, shpatat ua ka mbledhë, dikush rrugën ua ka diftue, dikush vendet ua ka zgjedhë, kur të gjithë janë rahatue, në një skaj të qiellit ashtë ndalë hana, janë ndalë krojet ma s'kanë rrjedhë, në zemër të gurit po pyet Zana, pse kreshnikët sonte janë mbledhë?

Gjeto Basho Muji në ballë të oxhakut, i ashtë drejtue bash më plakut:

'Paska dalë një shka bir shkiesh, njëfarë kreshte kapedan, nëpër vorre si punë hijesh u lypka t'vdekurve me dal në mejdan. Bashkë me qenë e me zagar, e pas tij dyqind shkie, për çdo të dielë zoti që falë, dalka në bjeshkë ndër ato hije, vorret tona po i shkretoka, t'parët tanë, të paluem në dhé, po i shajka e po i zezojka, si të mos kishin as Zot, as fé. Mbi vorr të Halilit, në një ditë të djelë- më tha një qyqe n'lot tuj u mbytë- njëqind shkie paskan vjellë, e beleg i paskan lypë'.

Asht ndalë Muja e ka marrë frymë, ka kqyrë burrat rend për rend:

'Me pas qenë veç për Halilin, kurrë s'u kisha thirrë n'kuvend, veç në mësofshin shkiet me na i sha vorret, priti në votër kur t'na vijnë Kotorret. Ne traditë e kem nga të parët, s'ka kush punë më me të vrarët, paqe me të vdekurit e besë me të gjallët, kështu prej shekujsh na mësuen të parët. Edhe një fjalë e s'kam ma tjetër-me të pabesin nuk ka besë-a thotë kështu fjala e vjetër?'

Eh more Zot çfarë fjalësh të rënda, heshtje vorri ka ra brenda, kurrkush fjalën s'don me e marrë, kurrkush zot s'po i del kuvendit, thua të vdekurit janë çue prej varrit, thue kjo është nata e gjykimit, thue janë lisa të këputun malit, thue se s'janë tharmi i trimit, thue se rrufeja i ka shitue goje, thue se s'kanë burrni ndër hoje, thue se në ode ka veç fëmij e gra, kaq një heshtje në odë ka ra.

Atëherë Muja ka qitë e ka thanë:

'Kush donë ujë, kush don me ngranë, kuajve jashta u kem dhanë tagji, kush don venë për me pi, na këto fjalë tash po i lamë!'

Kanë nisë burrat mos me i zani vendi, qysh kaq shpejt me u mbyllë kuvendi?

'O Mujë! - ka folë më plaku, 200 vjet kish tek oxhaku- a bën mixhë me e marrë më ngadalë, as duam buke, as duem me pi, na kem ardhë me e thanë një fjalë, një bark bukë gjithkënd e ngi. Nëse qyqja të ka mashtrue, nëse fjalët që po na i thue, janë fjalë sherri e mosbesimi, ndryshej në shtëpi na erdh kushtrimi. Ai kushtrim për kuvend, do trimni e, më shum mend. S'bahet fjale veç për vllazni, s'bëhet fjalë veç për katund, bëhet fjalë për shqiptari, sa për ata që jetojnë përmbi, sa për ata të dekun përfund. Dhimbja sytë t'i paska errë, helm gjarpri në shpirt të ka derdhë, tash në kuvend ke thirrë krershnikët, e kreshnikët të gjithë kanë ardhë, s'bën më dalë pa faqe të bardhë!'.

Ka marrë oda me u qetsue, kanë marrë burrat me u rahatue, po qet Muja e po thot:

'Sa për mue, Zoti më fali veç një vlla, e për fat, m'ka vdekë tuj' u pre me shka, nëse vorrin ja trushkitin, nëse eshtrat ja drumisin, nëse shpirtin ja lëndojnë, nëse i shajnë Zot e fé, e din mirë ai Zot mbi ré, e din mirë ajo Zanë në mal, ai diell nesër nuk ka me lé, pa i marrë hak, nuk errem gjallë! Ju si të doni kreshnikë t'Jutbinës, veç s'do të ketë ma zog t'shkinës, që mbi vorre të Halilit edhe vjell edhe sha, tuj e pasë ai gjallë një vlla!

5.

Heshtje vorri, burrat s'flasin, dy zogj t'egër jasht krrokasin, një uk' i humbun lshoi vikamën, Muja s'thrret të birin, por ia thërret të amën:

'Thuej Omerit të vijë pak! Mirseerdhe he thepak! Merri kuajt e bani gati, mprehi shpata e laj topuzat, bani gati e lej tek gurrat. Kur të çelë drita n'at Qafë të Bardhë, n'luftë do nisëm! Ti, si të duesh, n'daç me ardhë!

'Kadalë Mujë-tha prap kreshniku plak, djem të tjerë s'ka ky prag! S't'lamë Omerin me e marr n'betej, ka kreshnikë, me gjak t'ndezun nëpër dej, që s'u ndalet dora as kama, pa i ba shkiet me i qajt nana: ja kush vjen nesër me ty!

Thue o Zot, frym e qielles brenda ka hy, jan çue burrat vrik prej vendi, fund siç duket muer kuvendi. Nja tridhetë apo pesëdhetë ashi trimash që vrajnë e kthjellin, hyp ndër kuaj me armët gati, kqyrin Qafën me pa diellin, Mujin ndërkohë e l'shoi inati. Rrezja e parë në Qafë të Bardhë, janë lshue trimat tuj piskatë: Pritni shkie se jem tuj ardhë!

6.

Oh, mbet kush mbet në atë kullë të gurit, do t'plaguem e do t'moshuem, gra e fmij me bagëti. Rangt e shpisë qen dyfishue, duhej bukën me gatue, duhej barnat me përgatitë, edhe vorret edhe vajet, çka sjell mbramja gjith e dinë, t'vdekur të ri, e shumë të varruem, gjamë e lot e sokëllimë. Kan nisë punët me i punue, kan nisë varret me i thellue, kan nisë vajet me i msue. Dielli ndalë në kupë të qiellit, po i kqyr njerzit kah punojnë, po i kqyr trimat kah shkretojnë.

7.

Dridhej bjeshka prej luftimit, n'fyt i varej trimi trimit, gjak ndër prroje e lara bore, gjymtyrë, trupa e krena, sy të nxjerrun, të shkrryem ndër dhena, britma dhimbje e lemerie, tuj u pre shqiptarë me shkie. 'Oh moj Zanë, ti Zoja e shqiptarëve, a ki njohje me zota t'shkieve, a ua din vendin se ku fshihen, se ku lahen e ku krihen, del njëherë ndër ato shkreta, thuaj t'i ndalin shkiet e vet, se shqiptarët sa t'jenë jeta, s'ja u ndajnë luftën, he medet! Zanë e bukur, bij' e Zotit të këtij dheu, shih shqiptari si shkiet i theu, ndaljau turrin mos të ngasin, s'ka më shkie, shoqi-shojn po don ta vrasin! Janë zemrue mbramë në kuvend, fjala e shoqit s'zinte vend, t'gjith janë trima kapedanë, shoqi shojn në dhambë do e hanë.

8.

Foli Zana si me nxi moti: Le ta hanë e mos u ngifshin, shoqi shojt nanën ia qifshin! Mbi dhe t'tyne nuk ka mbet shka, le të vriten tash vllai me vlla!

9.

Vazhdoi premja e rrjedha e gjakut, s'dinte kush se kujt ja ngjiste, s'dinte kush se ke po vriste, vonë pas muzgut, atij ma plakut iu lodh dora e iu tha fyti, kah ma të fundin tek e mbyti: ia nxuer zemrën e ia vu në bar. Ka kthye sytë për me e kqyr, kur u bind se e ka pa mirë, paskam vra tha një shqiptar! Ka zbritë Zana mbi një gurë, në ftyrë t'kreshnikut ka qit pak ujë: Hapi sytë kreshnik i vjetër, ti je gjallë e asnjë tjetër! Boll mirë luftën e luftove, boll armikun e shitove. Vrave shkie, vrave shqiptarë, në këtë vend je i parë! Tash nis paqja kreshnik plak, duhet djersë e jo gjak! Shtrëngo bythën thirre mendën, përmbi varre t' kalosh parmendën!

10.

N'kullë t'gurit kur ka mbrri gjama, kallë për s'gjalli Ajkunë nana, plasë si gaca ka shpirti i robit, rràh për tokë njerzit prej kobit.

11.

Qyqe e kuqe në rrem të thatë: këndoje një këngë për partinë...!

12.

Qyqja të qyqoftë, qyqan!

13.

(realizimi i ndonjë filmi me këtë skenar, do të ishte i pamundshëm në vendin tonë, pasi, asnjë kullë, asnjë rajon i vendit nuk është i përshtatshëm për xhirime në këtë format. Vendi im është i mbushur me ndërtesa të pjerdhura pesëkatëshe, shtëpitë e fshatrave janë ose kasolle ose banesa me model Elbasani, siç quheshin disa shtëpi përdhese me dy-tri dhoma. Nëse imagjinohet një oborr aq i madh sa të pranojë në grazhd qindra kuaj e qindra luftëtarë, atëherë duhet kërkuar ndonjë vend i huaj kapitalist, që s'ka treguar armiqësi ndaj kafshëve e njerëzve si vendi im. Përkundrazi, fushëbeteja në bjeshkë mund të xhirohet kudo në alpet shqiptare, ku akoma sot e kësaj dite ka emra vendesh që të sjellin ndërmend

Ciklin e Kreshnikëve. Në fund të fundit, vendi im është vend ku janë përplasur ushtritë e Timbirlandit, të Greqisë, të Romës, të Perandorisë Osmane, asaj Austro-Hungareze, serbe, italiane, gjermane, ruse, kineze e së fundi, pothuajse të gjitha së bashku, me NATO-n e kundra saj. Pra, është një vend luftimi i përjetshëm, ku ne vritemi e pritemi, fitojmë ose e humbim nga pak liri, por gjithmonë mbetemi të varur prej dikujt. Personazhet e skenarit mund të gjenden në të katër anët e vendit tim. Mjafton të jenë të mirë ushqyer për tre-katër vjet. Armët e kreshnikëve s'ka nevojë të imitojnë ato të princërve të mesjetës, kallashnikovët, TT, mitralozat bëjnë punë më së miri.

Këtu i mbylla shënimet për filmin tim me kreshnikë e meqenëse çaji që pija pa ndërprerje, në mungesë të alkoolit, m'i mbante sytë e hapur ditë e natë si llulla, ëndërrova me sy hapur sikur skenarin tim e kishte marrë Hollivudi dhe kish vendosur të bënte një film gangsterësh të epokës pellazgjike.

FESTA E FILMIT TË PAPËRFUNDUAR

Jo veç filmi, por as çlirimi i Kosovës nuk ishte veçse në fillim. Lufta s'kishte përfunduar. Megjithatë u tha se njëri prej komandantëve të përgjithshëm kish gjetur kohë të largohej për pak orë nga luftimet dhe do të merrte pjesë në ceremoninë e filmit të madh e heroik për Kosovën. Kështu shkruhej në krye të ftesës. Pastaj shkruhej: "Nën kujdesin e posaqëm të shtabit të Përgjithshëm të UQK-së dhe Qeverisë së Përkohshme të saj, zoti dhe zonja_____, janë të ftuar të marrin pjesë në ceremoninë inaguruese të filmimeve. Do të marrin pjesë përveq autoriteteve të lartat të Shtabit të Përgjithshëm të UQK-së, të Qeverisë së Përkohshme të Kosovës, të autoriteteve ushtarake të trupave miqësore të NATO-s, edhe trupa realizuese, me regjisorë, aktore etj. Pjesëmarrja juaj na nderon.".

Prefekti i Prizrenit, emri i tij dhe një vulë e UÇK-së.

Aty qe ftuar pothuajse gjithkush që kishte emër në qytet. Personat e ngarkuar me hartimin e listave nuk kishin harruar as zejtarin më të famshëm, atë, familja e të cilit kishte rreth një mijë e dyqind vjet që prodhonte armë të stilizuara e të zbukuruara me filigramë, Rexhën, shitësin më të famshëm të kripës në të gjithë Rrafshin e Dukagjinit, Ismailin, që bashkë me rrobat e modës kishte "shitur" edhe uniforma të Ushtrisë Çlirimtare, një burrë të dobët, që kishte dhuruar një kilogram gjak për një ushtar të plagosur, pastaj kishte zënë shtratin për katër muaj, Vatë Kroatin, siç e thërrisnin farmacistin katolik, sepse kishte mbaruar shkollën në Zagreb, kishte ngarkuar ilaçet nëpër mushka dhe i kishte nisur maleve në ndihmë të të shpërngulurve, por që tashmë shiste misra të pjekur. Kishin thirrur sigurisht edhe të gjithë komandantët të cilët preferonin më tepër t'i thërrisje sipas gradave, por të paktën me emrin komandant përpara. Prefekti i emëruar nga shtabi, në emër të të cilit ishin shtypur ftesat, kishte shkaktuar problemet më të mëdha, pasi kishte kërkuar të ftohej bashkë me truprojat e tij, nja dhjetë-pesëmbëdhjetë kushërinj, të cilët nuk lejonin njeri në botë të takohej me të, pasi siç thoshin ata "Prefekti është shumë i zënë!". Drejtori i radios lokale kishte kërkuar gjithashtu pesëmbëdhjetë ftesa, që i kishte mbushur me po të njëjtët emra, si dhe të organizatorëve, pasi shumica e gazetarëve të tij kishin edhe funksione të tjera, si bie fjala drejtorë ndërmarrjesh, hotelesh, institucionesh të tjera publike, kuptohet edhe "komisari", siç e thërrisnin të gjithë një ish-oficer të vjetër nga Shqipëria, për të cilin mora vesh se ishte askush tjetër veçse shoku S.S, i cili ditëve të fundit të luftës kishte filluar t'u shpjegonte luftëtarëve të lirisë se si fshihet dhe maskohet armiku i brendshëm dhe se si duhet demaskuar ai. Nga të ftuarit e tjerë ia vlen të përmendet edhe drejtori i ri i spitalit, një mjek që kishte shërbyer me devocion në kohën e pushtuesit, por që kishte vendosur me guxim të largohej nga Kosova dhe, kur kishte filluar të organizohej mbledhja e mjeteve financiare për ushtrinë, kish arritur me sukses të zgjidhej kryetar i një komisioni rajonal diku në Europë. Pasi kishte mbledhur nja dhjetë-pesëmbëdhjetë mijë marka, po me aq sukses kish mundur ta bënte emrin e vet të famshëm si përkrahës i ushtrisë dhe vijës së saj politike. Ata që e kishin njohur në perëndim thoshin për të se ato para i kishte siguruar nga shitja e sendeve të vjedhura nga një mik i tij i ngushtë. Ai kishte vetëm një të mirë: nuk fliste shumë, jo nga mençuria, por nga frika se mos ia kujtonin të kaluarën. Shërbëtor i zellshëm, ai dukej se kishte shumë pak gjëra të përbashkëta me mjekun, me mjekësinë si profesion. Përveç disa tregtarëve të rinj, të cilët dalloheshin se ishin më të kamur se të tjerët nga rrobat e çmueshme, në mbrëmje qenë ftuar edhe instrumentistët e orkestrës së vjetër të qytetit, të cilët, në kostumet e tyre, mbanin shenja zie për tre anëtarë të vrarë gjatë luftës. Gjendej edhe ekipi i futbollit, që kishte vendosur të vinte me rroba sportive, po ashtu me shirit të zi në krahë, në shenjë nderimi për një mesfushor dhe një portier të vrarë. Trupa e estradës kishte në përbërje vetëm dy-tre instrumentistë dhe humoristin e famshëm, Cucin, pasi këngëtarët dhe instrumentistët e tjerë këndonin klubeve shqiptare, nëpër periferitë e qyteteve europiane. Fadil Hajnin, megjithëse i kishte "rënë" një ftesë në dorë, punonjësit e shërbimit të hotelit nuk e kishin lejuar të hynte.

- Shko vidh në një vend tjetër sonte! - i kishin thënë. Ai sigurisht që ishte ankuar, duke thënë se të vetmit njerëz që kishin diçka për t'ua vjedhur qenë mbledhur aty.

- Një natë pa punë nuk është ndonjë gjë e madhe, - qenë justifikuar punonjësit. - Ne kemi dhjetë vjet të papunë.

Fadili kishte rrasur duart në xhepa, duke e kuptuar "problemin" dhe qe larguar. Mbrëmja filloi me një orë vonesë për shkak të të ftuarve të huaj: administratori danez i qytetit kishte lajmëruar në telefon se diçka urgjente e kërkonte praninë e tij në zyrë, gazetari amerikan i "Christian Science Monitor" nuk qe kthyer akoma nga vendi ku ishte zbuluar një varrezë e re masive nga hetuesit e Gjykatës së Hagës, ndërsa gazetarja e "Dojçe Veles" nuk kishte pasur ujë në hotel dhe pat shkuar në periferi të qytetit bashkë me përkthyesin e saj shqiptar, një poet i ri që kishte punuar në Gjermani si hekurkthyes, për të bërë dush në shtëpinë e tij. Gojëligët, siç e kanë zanat, shpifën e thanë se as në shtëpinë e poetit nuk kishte ujë, mirëpo gazetarja leshverdhë e "Dojçe Veles" nuk do të mbetej kurrsesi pa e marrë një dush të mirë! Ai vërtet thurte vargje e kthente hekur, por në krye të herës kishte bërë emër në zanatin e vjetër. Shumë kush tha se në të vërtet, gazetarja, kur erdhi, dukej e larë e bërë dritë! Shkëlqente e bija e botës! Gazetari amerikan i CSM-së qe gjithë baltë, i vinte era vdekje. Shtëllungat e tymit që dilnin nga llulla e tij ia fshihnin mustaqet e bardha, fytyrën e zbehtë dhe sytë gjysmë të mbyllur. Gjatë mbrëmjes, një djalosh 15-vjeçar u ngul pincë para tij, duke ia mbushur gotën me uiski. Ai nuk e hapi birën e gojës me askënd gjatë gjithë mbrëmjes, me përjashtim të pyetjes që i bëri regjisorit, pothuajse në mbyllje të konferencës së tij të shkurtër për shtyp.

I vetmi serb i ftuar në mbrëmje qe mësuesi i vjetër i serbishtes, Bozhja bashkë me të shoqen, Kaden. Gjatë luftës, siç dihet, ata kishin marrë në shtëpinë e tyre katër fëmijë të fqinjit shqiptar. I kishin mbajtur gjatë gjithë kohës së konfliktit. Kur kishin hyrë në banesën e tyre "tigrat", mësuesi serb kishte thënë se qenë fëmijët e fëmijëve të tij. Kur u kthyen prindërit e tyre shqiptarë, i gjetën fëmijët në shtëpinë e Bozhës. E kishin marrë në pyetje Bozhen disa ushtarë të një patrulle të UÇK-së. Bozha i shkretë sapo kishte dalë nga hetuesia e komandantit serb të qytetit me një dorë të shqyer dhe me një këmbë të thyer. Babai i fëmijëve qëlloi ta kishte djalë tezeje komandantin e patrullës së UÇK-së. Ia shpjeguan se si kishte ndodhur me fëmijët. Komandanti tërhoqi shokët e tij. Gjithë zallahia e kësaj darke u shkonte për shtatë pjesëmarrësve, disa prej të cilëve qenë të veshur edhe me rroba sportive, kostume e këpucë të zeza me çorape të bardha, zinxhirë të trashë floriri, të nxjerra sipër këmishëve e trikove, bluxhinsa me njolla nylli, të parfumosur me vanilje, madje një gruaje i vinte era vajguri, "Gruas së Rexhës, shitësit të Krypës", tha dikush, po të tjerë betoheshin se era vajguri i vinte gruas së drejtorit të radios. Në hyrje shërbehej nga një gotë shampanjë, pastaj nëpër tavolinat e shumta rreth mureve shërbeheshin lloj-lloj pijesh e ushqimesh të përgatitura me shumë finesë. Kryesisht me përmbajtje brumi dhe mishi të grirë. Ai që më shoqëronte më tregoi me gisht edhe dy-tre vetë, të cilët ishin akoma me LDK-në. Në qytet tashmë të gjithë ishin me UÇK-në. Të paktën me LKJ-në nuk ishte kush më. Këta të LDK-së rrinin bashkë e përshëndeteshin me ndonjë kushëri me grada të ulëta në UÇK. Kaq.

U lajmërua ardhja e administratorit (thua se qyteti qe një ndërmarrje) danez të qytetit, njëfarë dublanti i prefektit, por me emër të gjatë e të vështirë për t'u shqiptuar. Ai merrej kryesisht me pakicat. Shqiptarëve u vinte hakut prefekti i qeverisë së përkohshme. Bashkë me administratorin, hyri në sallë dhe u prit me duartrokitje edhe njëri prej komandantëve të përgjithshëm të UÇK-së. Pas tyre nja njëzet oficerë e ushtarë të huaj e vendas të gjithë të armatosur. Zunë vend diku në krye të sallës dhe dikush kërkoi të mbahej qetësi. I pari do fliste prefekti: Nën udhëheqjen e lavdishme, fituam këtë e atë, nën udhëheqjen e lavdishme do të bëjmë edhe filmin heroik për luftën, nën udhëheqjen e lavdishme ia jap fjalën komandantit të përgjithshëm dhe ia përmendi emrin e luftës. Komandanti i përgjithshëm qe i ri, i gjatë, foli si me ndrojtje:

- Jam i lumtur që ndodhem në këtë mbrëmje të gëzueshme. Uroj që Kosova të mos ketë më luftë, djegie, vrasje! Lirinë e fituar e gëzofshim ne dhe fëmijët tanë. Suksese artistëve në punën e tyre për filmin!

Nuk e prisja këtë lakonizëm. Më bëri përshtypje për mirë. Pastaj administratori:

- Nuk është kurrë vonë, as herët të bëhet një film, por qyteti, Kosova ka detyra urgjente, kemi njerëz të plagosur, akoma nuk kemi vënë rregull dhe qetësi në të gjitha qendrat e banuara. Akoma kemi konflikte me armë. Njerëz po humbin jetën edhe pas çlirimit të vendit. Kjo duhet të marrë fund. Përfitoj nga prania e komandantit t'ju bëj thirrje edhe njëherë: qyteti ka nevojë për qetësi, që të mund të fillojmë punët e mëdha, që liria kërkon prej nesh. Suksese filmit e natën e mirë!

Të armatosurit pas tij i lëshuan rrugë. Administratori e la mbrëmjen. Pak minuta më vonë iku edhe komandanti i përgjithshëm. Pastaj salla u mbush me komandantë të tjerë. Po lëvizja sa në një vend në tjetrin, nuk e di pse pata shpresë se mund ta shihja Hafizen. Ndoshta e kishin ftuar edhe atë. S'ma

zuri syri, por nga larg ma bëri me sy komandanti i qytetit, ai që më kish pritur dhe më qe lutur të ndërhyja për të zgjidhur nyjën e skenarit. M'u duk sikur më tha t'i rrija larg. Nuk u afrova. Komandanti i përgjithshëm shtrëngoi duart me dy-tre komandantë të tjerë të përgjithshëm. Me komandantin e qytetit as që u përshëndet. Jo larg tij shquajta komandantin, le të themi të spitalit, pasi në spital e kisha parë, atë me syze që kish kërkuar zbrazjen, pasi godina do kthehej në objekt ushtarak. U afrova si pavëmendje afër grupit të ushtarakëve që e rrethonin. Kisha nevojë të dëgjoja edhe njëherë zërin e tij. E kisha dëgjuar diku atë zë. Dikur...! Shpejt ai e vuri re praninë time dhe m'u drejtua pa të keq:
 - Artist je ti?
 - Po, aktor! - i thashë.
 - Çfarë roli ke?
 - Kur vritet një qytetar është vrarë i gjithë qyteti! Të kujtohet?
Komandanti me syze mbeti me gojë hapur. Më këqyri drejt e në sy. Ai i shihte sytë e mi, unë nuk i shihja të tijët. Bëri dy hapa përpara dhe më zgjati dorën. Duke ma shtrënguar fort më afroi pranë vetes:
 - Kam dëgjuar për ty, por ti nuk je më aktor, je konvertuar në shkrimtar!
 - Edhe ti s'je më Kosovari, je bërë Komandant! Ai qeshi me të madhe. Duke më përqafuar. M'u duk si atëherë, para aq vjetësh, kur më kishte shtrënguar dorën dhe më kish uruar për rolin tim. Si atëherë,

m'u duk vetja i vogël para tij, emocionet e një kohe tjetër, gjithë ajo xhelozi që kisha mbartur në kurriz për vite të tëra po më lëshohej gjymtyrëve duke më çliruar nga një peshë e rëndë. Më kaluan në kokë të gjitha detajet. Syzet e tij, uji i Glinës, miqtë e tij studentë, darka në hotel "Turizëm", dialogu për dhitë e pikturuara. Ai më mbante mend, por kujtonte veç skenën e teatrit, mjegulltas edhe darkën në hotel, asgjë më tepër. Asgjë më tepër. Befas më pyeti:

- E di ti që jam martuar me partneren tënde të teatrit? Me Doruntinën? Ajo flet shpesh për ty. Për bisedat që bënit bashkë rreth gjyshit të saj... për talentin tënd!

Burrat me uniforma rreth e rrotull tij po më shikonin si një njeri të ardhur nga hëna.

- Oh, më lejoni t'ju prezantoj një të njohurin tim të viteve të emigracionit në Shqipëri! Një artist i talentuar, një aktor i klasit të parë! Thuaje edhe njëherë atë shprehjen: "Kur vritet një qytetar, është vrarë i gjithë qyteti! Berthold Breht!". E përsëriti vargun brehtian edhe në gjermanisht "wenn ein Burger ermordert ist, ist die ganze Stadt ermordert", Një oficer gjerman zgjati veshët, thua se kish zbuluar ndonjë komplot ku do të vritej i gjithë qyteti. Qe kohë lufte. Fjala vrasje përsëritej shpesh, shumë shpesh. Jo vetëm si fjalë, por edhe si akt. Komandant Kosovari qe rrethuar tashmë nga dhjetëra të ftuar. Gjendeshim të dy në qendër të vëmendjes. Ajo që kisha synuar të shmangia që në fillim të darkës kishte ndodhur. Për fatin tim, në mikrofon u lajmërua konferenca e përbashkët e shtypit e regjisorit dhe asistentit të tij. Për atë punë ishim mbledhur. Konferenca e shtypit qe thjesht një fomalitet, të cilin regjisori e shfrytëzoi për të falënderuar sponsorët e tij, Shtabin e Përgjithshëm të UÇK-së dhe Qeverinë e Përkohshme. Emrat e piratëve të ajrit, atyre që kishin drejtuar agjenci fluturimesh gjatë pushtimit e që kishin dhënë miliona për të pastruar emrat e tyre, as që i përmendi kush. Regjisori përmendi edhe një fondacion austriak, që kishte kontribuar me teknikë filmimi dhe me një asistent. Gjithashtu, montazhi do të bëhej në Vjenë. Kur përmendi fondacionin e huaj, regjisori foli në anglisht, fjalë të cilat për pjesën tjetër të pjesëmarrësve u përkthyen në shqip nga shoqëruesi i gazetarit të CSM-së.

- Are you making a movie, or playing in one? - e pyeti gazetari i CSM-së regjisorin.

Ra një hop heshtjeje, përkthyesit po përpiqeshin të kthenin në shqip pyetjen e tij. "Po luani apo po bëni një film?". Kuptimi nuk qe fort i qartë, megjithatë të pranishmit pritën përgjigjen e regjisorit. Ky, me një buzëqeshje enigmatike, tundi kokën dhe tha:

- In some way, both of them!

"Të dyja bashkë", erdhi përkthimi.

- Thank you, Sir! I got it! - tha shkurt gazetari e iu kthye gotës së uiskit.

Asistent-regjisori tha se ndjehej i lumtur që UÇK-ja ia kishte besuar atë post. E shoqja po kafshonte thonjtë disa metra më tutje në shoqërinë e dy-tre ushtarakëve. Gazetarja e "Dojçe Welles" i qe mbërthyer përkthyesit të saj, poetit hekurkthyes. Nuk linte asnjë fjalë t'i shpëtonte, e shikonte në birë të gojës, thua se fjalët mund të avullonin sapo të dilnin prej asaj farke përvëluese. Trupa e aktorëve të zgjedhur për filmin bëri një parakalim pa ndonjë prezantim të detajuar. Aq më mirë, pasi qenë më shumë se pesëdhjetë vetë. Gra kishte pak, thua se kish mbetë Kosova n'burra, si perifrazim i vargut të këngës se s'ka mbetë Kosova n'çika. Shoqëruesi im po lutej ta linim darkën, boll kishim parë k'so gomarhanesh, kur të vrarët ishin akoma të pavarrosur. Kishte të drejtë, por qyteti kishte nevojë edhe për një mbrëmje gala si puna e asaj. Orkestra filloi të luante një këngë heroike. Askush s'këndonte, askush s'kërcente. Muzika duket i vuri njerëzit në mendime. Disa filluan të largoheshin. Boll kishin qëndruar, mbi një orë. Oficerët e UÇK-së filluan të pinin, bodigardët e tyre ishin pothuajse të dehur tashmë. Gjithkush kishte nga dy-tre deri në pesë bodigardë, e këta të fundit kishin bodigardët e tyre. Jeta e atyre njerëzve duhej të ishte shumë e çmuar, një ushtri bodigardësh me bluza të holla të zeza, që nxirrnin në pah trupat e tyre gjithë muskuj, të frikshëm. Me koka të rruara e fytyra të lënduara, me shenja plagësh, djegiesh, të dukej vetja si në një paradë figurantësh të filmave me dhunë, filma gangsterësh. Nuk kishe nga endeshe prej këpucëve të tyre të rënda, prej masave të pabesueshme muskulore. Shoqëruesi im po e vërente se çka po më bënte përshtypje. M'u afrua tek veshi:

- Shumica janë shqiptarë të emigruar në Perëndim. Kanë zero shkollë, asnjë ditë! Ëndërrojnë të luajnë nëpër filmat e Silvester Stalones. Kokat i kanë si përcekëta, pa bërthama, pa bërsi. Konsumojnë gjithfarë substancash muskulo-trope, shumica tepër të rrezikshme! Zoti na ruajt prej tyre! - e mbylli ai shpjegimin.

- Zoti na ruajt prej komandantëve të tyre, se ata i ndërsejnë!

- Ndërsehen edhe vetë, s'njohin as të zotin!

Një burrë i dehur po lëkundej si mbi kuvertën e një anijeje mes dallgësh. Qe Vatë Kroati, farmacisti i rrënuar i qytetit.

- Tash që kemi lirinë, s'kemi nevojë për barna. Të gjithë jemi shëndosh si molla. Hamë kallamboq të pjekun. Boçat i ruajmë. Ku i dihet...! Unë po shkoj për Gjermani. Ndoshta për Austri, ndoshta ndalem në Kroaci. Kroatët flasin austriakçe, austriakët flasin kroatçe, gjermanët flasin austriakisht, domethënë Vata flet gjermanisht. Gjermani erdhi këtu, Vata nuk ik atje, Vatës i erdh gjermani në derë të shpisë! Vata ringrihet nga hini si Benu, zogu i vjetër egjiptian, që grekët e quanin Sfinks. Sfinsk është Vata, sepse flet gjermanisht si Niçja, Shopenhaueri, Helmut Kholi. Vata e di: çdo helaç e ka një ilaç. Ilaçi sonte nuk ishte filmi, filmi është thjesht loja!

U mbështet për mur. U duk më stabël. Muri po

e ndihmonte të gjente ekuilibrin. Muri nuk luante. Vata rrëshqiti në sipërfaqen e murit dhe, i prajtë, siç e njihte i gjithë qyteti, fjeti gjumë. U tha se Vatës i kishin premtuar të fillonte punë në farmacinë e batalionit gjerman.

E kisha ndjekur skenën me shumë kureshtje. Vata qe vërtet një personazh i madh. "Gjermanët flasin autriakisht", kjo më kish bërë të qeshja së brendshmi, a thue Vata bënte aluzion për Hitlerin, austriakun minabël, që e kish rrënuar globin e bashkë me të edhe Gjermaninë?

Burri që po më shoqëronte m'u lut të largoheshim.

- Kosovarët s'dinë me pi alkool! Imagjino kur Vata është dehur, se ç'ka bëjnë të tjerët!

- Ata që dinë të pijnë alkool, janë të sëmurë! - i thashë mikut tim. Nga larg u dëgjua një breshëri armësh. Pastaj sirenat e një ambulance.

- Një armik më pak! – tha një komandant.

- Një armik më pak, por një armiqësi më shumë! – shtova unë. Komandanti m'i nguli sytë! Ia bëra me sy. Gazetari i SCM-së po dilte me përkthyesin. Këmbët e tij bënin të njëjtat lëvizje me ato që kishin bërë të Vatës. E përshëndeta. U ndal dhe më pyeti nëse isha apo jo komandant. Desha ta qetësoja duke i thënë se isha shkrimtar!

- That's worst! Do you know why?
- I don't...!
- Because you are going to glorify them...!
- Probably not! What makes you think I do?

- Well, I don't know, but some of them are shamefull
- Yes, but some of them, probably, lots of them but, that doesn't mean all of them!
- That's wright, finally you are a writer!
- You too, you are a journalist, is in your instinct to distinguish between them!
- It's gotting very serious like discution, are you around tomorrow? If you are free, dropp and see me please at "Sharri Hotel"! Good night writer!
- Good night!

Gazetari vazhdoi lëkundjet. I hodhi një sy Vatës që po flinte i mbështetur për muri.

- It looks like executed...! - tha në ikje e sipër.
- Çka fole me të? Çka të tha?

Ia përktheva me pak fjalë bisedën me gazetarin shoqëruesit tim.

- U po i meçëm ko'n'ka!

Më erdhi të qeshja me krahinorçen e pastër që përdori.

Komandanti i qytetit u largua me shpejtësi pas breshërive dhe sirenave të ambulancave. Salla filloi të boshatisej. Veturat para hotelit mbusheshin dëng me komandantë e bodigardë. Aktorët po pinin, aktoret po ashtu. Asistent-regjisori m'u afrua:

- Bane mirë që nuk u përzieve në krundet tona! Jeni të mençur ju të Shqipnisë.
- As që kisha nevojë me u përzie me krundet tuaja! I kishit situr vet. Asnjë lloj mençurie nuk i njoh vetes në këtë punë! Thjesht m'u bë qejfi që ju njoha. Pastaj

si mund të përzihesha në një skenar që nuk e kam lexuar?

- E që ndoshta nuk do ta lexosh kurrë!
- Ndoshta e shoh filmin tuaj, s'kam nevojë ta lexoj! Pse je kaq pesimist? - e pyeta duke hetuar se mos fjalët e tij ishin edhe ndonjëfarë kërcënimi, se jeta ime do të ishte e shkurtër e nuk do të më premtonte ta lexoja në të ardhmen atë skenar. Gjithçka i shkon ndërmend njeriut, në një atmosferë të tillë, ku më shumë flasin armët se njerëzit që i mbajnë ato.
- Nuk bëhet një film anti serb me njerëz pro jugosllavë!
- S'është e nevojshme të bëhet një film anti serb. Filmi duhet të jetë thjesht pro shqiptar. Të tregojë një histori shqiptare, si ka ndodhur, si është luftuar, si është rezistuar, si jemi masakruar, si kemi mbijetuar. Kaq i duhet filmit. Filmi nuk është artikull gazete! Ti e di më mirë se unë; unë kurrë s'kam bërë film. S'më ka zgjedhur kush të jem as skenarist, as asistent-regjisor. Nuk ia kam idenë se si bëhet filmi. Në daç të dish, kam shkruar vetëm disa faqe për një film kreshnikësh. Ti e di historinë e Mujit e të Halilit. Halili i vdekur e i varrosur në bjeshkë. Shkjet ose serbët sllavë, shkojnë e ia trushkitin varrin. Muji nuk e duron një poshtërim të tillë. Vendosë të hakmerret, hakmarrja ka çmimin e vet, por vendos në vend një kategori morale njerëzore të njohur e të glorifikuar që në kohët e lashta: Nderin. Lufta e Trojës nuk është bërë për territore, por për të vënë në vend nderin

e Minelaut. Atij luftëtari idhnak, gruaja e të cilit qe rrëmbyer. Kaq. Dhjetë vjet gjak e varre për të kthyer nderin në vend.

- A e di ti që na është thënë që në film nuk mund të përdoret fjala "shka", sepse fyen nacionalitetin serb ose shkurt hesapi: është idiomë raciste.

- Jo, nuk e di, nuk e dija që serbët fyhen po t'i thërrasësh shkie ose shka!

- Ja pra, mësoje! Në film fjala "shka" apo "shkie" s'mund të përdoret!

- "Shka" është thjesht shqiptim lokal i fjalës "sciave", fjala latine për "sllavë", ashtu i thërriste Roma e Lashtë popullsitë sllave. Shqiptarët i shqiptojnë bashkëtingujt "sc" "sh" duke ruajtur një "k" të sfumuar. S'ka asgjë pezhorative, antiserbe në këtë fjalë. "Shka" ose "shkie" u themi edhe malazezëve, edhe maqedonësve, deri edhe kroatëve, polakëve e rusëve, po se po. Ka edhe një shpjegim tjetër që lidhet me skizmën, por i komplikuar për sonte. Sipas tij fjalët "shka" e "shkeptar", janë të njëjta.

- Ne sot e shqiptojmë fjalën "sllav" shumë lehtë, s'jemi as ilirët e kohës së Romës, as arbrit e mesjetës. Kemi të paktën një shekull që e shqiptojmë saktësisht fjalën "Jugosllav"! Kështu më thotë regjisori: "Kur kemi thënë ne "Jugoshka"? Apo "Jugosciave"?". Nga ana gjuhësore ka të drejtë. Por filmi vuan, filmi vuan nga mungesa e kësaj fjale! Regjisori nuk është dakord, ka vënë në krah me veten edhe gjithë këta administratorët! Vetë zoti Kushner na ka thënë: "Nuk shfaqet kurrë në Kosovë, sa të jem unë administrator, një film që përmban fjalën "shka"!".

- Bëjeni njëherë filmin, në daç me shka në daç me sllav! Veç bëjeni njëherë! Bëjeni filmin! Po bëtë filmin, shihet ajo punë! Po nuk e bëtë filmin, faji nuk është as i "shkaut", as i "sllavit", as i serbit, as i Kushnerit. Bëjeni filmin, miku im! Kushneri do rrijë dy-tre vjet. Ne jemi këtu që kur na ka qitë Zoti! Ia dhashë dorën asistent-regjisorit dhe mora për nga aktorët. Shumica kishin dalë në breg të lumit dhe po shikonin fishekzjarrët që shpërthenin në Kalanë e Prizrenit. Shenjë zyrtare se qyteti qe çliruar!

- E lodhe veten kot me atë magar! S'merr vesh ai nga këto gjana të thella, - tha shoqëruesi im, kur ndodheshim në oborr. Deri atëherë më kish dëgjuar me gojë hapur. Morëm një taksi dhe u kthyem në shtëpinë tonë, në periferi të Prizrenit.

Ora shënonte tre e mëngjesit.

***

Qyteti qe apo s'qe çliruar. Banorët jo vetëm ishin kthyer, por kishin filluar jetën normale. Kafet dhe restorantet zienin nga klientët. Mijëra ushtarë e mjete luftarake përshkonin rrugën magjistrale. Trupa nga të gjitha kombet. Pastaj trupat shqiptare. Trupat gjermane, italiane, amerikane, angleze. Teknikë luftarake. Pastaj kolonat e pafundme të refugjatëve. Mijëra makina nga e gjithë Europa. Shqiptarët e mërguar po kthenin në atdhe prindërit, fëmijët, familjet e veta të strehuara përkohësisht në Shqipëri. Qeveria e Përkohshme shpalli autoritetin e saj në Prishtinë. Mijëra qytetarë dolën në pritje të presidentit Rugova. Komandanti i UÇK-së për qarkun e Prizrenit u vra në një atentat, të ngjashëm me ata të filmave me guerilë të kinostudios "Shqipëria e Re". Rrugës për tek "Hotel Sharri", ku kisha lënë takim me gazetarin e CSM-së, takova një shkrimtar nga Kukësi, mikun tim, Petrit Palushin. Nuk i kishim marrë akoma kafet e porositura, kur në tavolinën tonë u ul Komandant Kosovari:

- Më falni që po ju shqetësoj, por kam një lajm të tmerrshëm! Doruntina vdiq! Vdiq mbrëmë në spital, në Gjermani.

Petriti s'po kuptonte se çfarë po ndodhte. Komandant Kosovarit i zbritën lotët poshtë syzeve të errëta. Vumë duart mbi duart e njëri-tjetrit dhe u shkrehëm të dy në vaj. Qamë me dënesa të thella nga fundi i kraharorit. Pas pak çastesh e mora veten. Komandant Kosovari, i huaji i dikurshëm, ai që rrëmbeu Doruntinën, dukej i rrënuar nga lajmi. Kërkoi leje të largohej. Panevojshëm fare. Tashmë s'na lidhte më asgjë: Doruntina kish vdekur! Më erdhi ndërmend legjenda e vjetër e Doruntinës që tregohej në qindra variante kryq e tërthor Ballkanit. Legjenda e fjalës së mbajtur, e besës. E kisha sjellë ndërmend disa herë gjatë atij udhëtimi.

"Hipur bashkë në një kalë, shkon i vdekuri me të gjallë...!

Vetëm në variantin tim, i vdekuri nuk ishte Konstantini, por Doruntina. Kur t'i afroheshim qytetit tonë, ajo do të zbriste nga kali pranë kishës së pagjetur të Hafizes e do të më thoshte: "Shko përpara ti, se kam pak punë për të bërë...!". Legjendës i kishte vdekur përfundimisht personazhi më delikat, më i hijshëm e më jetik. Pa të s'kishte më legjendë. Shpupurita flokët për të dalë nga ajo gjendje kllapie. As dhé, as gjak, as djersë. Flokë të sapolara me një shampo të pjerdhur serbe. Gazetari i CSM-së më pa nga larg. U afrua. U ul gjithë zhurmë. Pasi i hodhi një sy gjendjes sime, vuri re se diçka kishte ndodhur, megjithatë më përshëndeti duke qeshur:

- Good morning dead writer!

Prishtinë 2000
Saint Luc, Vallais 2012

www.ingramcontent.com/pod-product-compliance
Lightning Source LLC
LaVergne TN
LVHW031611060526
838201LV00065B/4811